SAMUEL
D'HARCOURT.

IMPRIMERIE DE LE NORMANT, RUE DE SEINE, Nº 8.

SAMUEL

D'HARCOURT,

OU

L'HOMME DE LETTRES.

PAR ABEL DUFRESNE.

> J'ai toujours fait le métier d'auteur;
> j'ai composé des romans, des comédies,
> toutes sortes d'ouvrages d'esprit. J'ai
> fait mon chemin; je suis à l'hôpital.
> GIL-BLAS.

TOME SECOND.

A PARIS,

Chez
{ LE NORMANT, libraire, rue de Seine, n° 8.
{ PÉLICIER, libr., Palais-Royal, galerie des Offices.
{ DELAUNAY, libr., Palais-Royal, galerie de Bois.

1820.

SAMUEL
D'HARCOURT.

CHAPITRE XII.

Mélancolie d'Auteur.

Qu'heureux est le mortel qui, du monde ignoré,
Vit content de soi-même, en un coin retiré ;
Que l'amour de ce rien qu'on nomme renommée,
N'a jamais enivré d'une vaine fumée ;
Qui de sa liberté forme tout son plaisir,
Et ne rend qu'à lui seul compte de son loisir !

BOILEAU.

M. LARGILLIÈRE me tint parole : il visita les acteurs, vanta ma comédie, et prépara les suffrages de ces messieurs, par des soupers fins, où l'encens ni le champagne ne furent point épargnés. De son côté, l'ami Jérôme agit en homme habile : on vit tout à coup fléchir dans ses feuilletons la sévérité du critique, et le temps qui précéda la lecture de ma pièce fut un vrai jubilé pour les comédiens. Tel, au moment des élections, le ministère, etc.

Cependant ce n'était pas sans de vives inquiétudes, que j'allais paraître devant l'aréopage comique. « Hélas, disais-je en soupirant, quand j'étais journaliste, les acteurs ressortaient de mon tribunal ; aujourd'hui ! ... ainsi le veut l'éternelle justice, les juges seront jugés ! Allons, Samuel, voici le jour des restitutions : et je fondis quelques pièces d'argenterie, pour acheter aux actrices de ces jolies bagatelles, dont le choix délicat montre le bon goût d'un auteur.

Qu'est-ce qu'un comité ? — Voulez-vous le savoir ? interrogez un pauvre auteur sur la sellette. Le malheureux !

il croit voir autant de procureurs du Roi que d'auditeurs! Valère et Lisette, Géronte et Crispin sont devenus de graves conseillers; et si l'amour paternel ne lui disait tout bas : ta pièce est un chef-d'œuvre, son courage tomberait aux pieds des juges; sa voix expirante n'aurait pas la force de lire.

Chacun connaît les questions sur le poëte : est-il jeune ? est-il riche ? a-t-il des amis ? les questions sur la pièce : mon rôle est-il brillant? ai-je des tirades, des vers à effet? etc. etc. Je ne m'étendrai donc point sur cette nouvelle épreuve ; il me suffit de dire qu'après les remarques des docteurs, les quiproquo des étourdis, les quolibets des mauvais plaisans, ma pièce à la fin est reçue.

Le crédit de MM. Largillière et Jérôme , j'en conviens aujourd'hui, ne me fut pas moins utile que le discernement dont j'avais fourni mes preuves aux comédiennes ; mais alors , en vrai poëte , je ne fis pas difficulté d'attribuer l'honneur du succès au seul mérite de l'ouvrage.

J'ai mes entrées à la Comédie-Française ! le beau jour pour un néophyte ! quelle exactitude le premier mois ! comme on entre d'un air content , et qu'il est doux de se dire : je suis de la maison ! —Ma pièce est reçue, donc on la jouera , donc elle réussira. — Point de cabales, point d'entraves à redouter ! La jeune espérance ne prévoit ni dangers ni revers ; l'impatience crédule rapproche les époques, et l'oreille jouit déjà des applaudissemens. Dans sa ferveur, un nouveau citoyen de l'orchestre, fier de ses voisins, et jaloux de leur plaire, consulte les anciens ; il respecte la distance de l'auteur joué à l'auteur reçu ; il se fait en quelque sorte un orgueilleux plaisir de sa modestie. Tout l'amuse, tout l'intéresse ; il goûte les acteurs, il les voit d'avance dans ses rôles ; son cœur s'ouvre à la joie, et le bonheur le rend indulgent.

Mais hélas ! le temps pâlit les plus brillantes couleurs, l'habitude émousse les plus vives jouissances ; et, comme dit Oronte :

Belle Philis, on désespère,
Alors qu'on espère toujours (1).

Un an, deux ans s'écoulent, et le jour de la représentation semble reculer devant moi. Pour comble de malheur, je n'étais pas amoureux. Epris d'un beau feu pour la gloire, j'étudiais l'homme dans le monde et dans les livres ; je réfléchissais et ri-

_____

(1) Molière. (*Misanthrope.*)

mais jour et nuit, étude sérieuse et mélancolique, détestable régime pour la bourse et pour la santé. Plus je lisais les bons auteurs, plus je devenais mécontent de mes ouvrages : mon goût, en s'épurant, refroidissait mon imagination. Je n'avais plus cette novice ardeur, cette fièvre littéraire que donne à vingt ans le besoin de produire, et que nourrit l'espoir du succès. Hélas ! disais-je, me voici dans la force de l'âge, où sont mes titres à la gloire ? Quoi, toujours écrire et rester inconnu ! pauvre encore, passe, mais ignoré, mais perdu dans la foule ! *inglorius* (1) ! *inglorius !* O tourment d'un noble cœur ! poëte et Français, c'est trop de moitié pour rendre cette idée désespérante.

_____

(1) On demandera peut-être pourquoi cette exclamation latine. Je répondrai que le mot *inglorius* manque à la langue française. Personne, je pense, ne sera tenté de le franciser

La jeunesse, ivre d'espérance, compte les fruits par les fleurs du printemps : elle ignore, hélas ! toutes celles qui tombent, et le peu qui reste en automne. A Charmoise, j'écrivais des pages entières, d'inspiration et sans ratures ; aujourd'hui je n'ai pas plus tôt écrit une phrase, qu'il me prend envie de l'effacer. Les expressions me semblent foibles, les pensées communes, la nature admirable, l'imitation décolorée.

Depuis surtout que je faisais des comédies, je perdais ma gaieté : je devenais sombre, misanthrope, et ma santé déclinait avec ma bonne humeur. M. Largillière avait une trop longue habitude du cœur humain, pour ne pas découvrir ce qui se passait en moi. — « Mon cher Samuel, me dit-il, prenez-y garde, vous avez la maladie du métier. — J'ignore ce que j'ai, lui répondis-je, mais j'éprouve une tristesse, un découragement insurmontable. — Justement nous y voilà ; maladie d'auteur, vous dis-je, maladie d'auteur ! J'y ai passé moi-même. Pour votre guérison, il me prend envie de vous conter mon histoire. Elle n'est pas longue, les événemens y sont rares ; mais peut-être pourrez-vous trouver dans mon récit, des motifs de courage et d'espérance. »

CHAPITRE XIII.

Histoire de M. Largillière.

Mordu du chien de la Métromanie,
Le mal me prit, je fus auteur aussi.
VOLTAIRE.

J'ÉTAIS fort jeune quand je perdis ma mère. A sept ans mon père me mit au collége. Je fis de bonnes études, et dès ma rhétorique, je me crus une vocation décidée pour les lettres. Loin de contrarier mon goût, mon père semblait s'en reposer sur moi pour le choix d'un état : il me laissait, à la grâce de Dieu, traduire en vers français des satires d'Horace et des comédies de Térence.

Tant de sécurité, de la part de mon père, ne pouvait cependant reposer sur une fortune acquise ; la sienne étoit médiocre, et paraissait dimi-

1..

nuer de jour en jour. Nous habitions,
à la mort de ma mère, un assez bel
appartement dans une maison de l'ancien Paris, rue des Ecrivains : nous
montâmes deux étages, lorsque je quittai le collége. — « Joseph, me dit mon
père, j'ai loué l'appartement du premier, pour occuper celui du troisième.
Nous y avons plus de jour, et d'ailleurs je ne suis pas fâché de faire un
peu d'exercice pour ma santé. » —
L'année suivante, la pendule et les
meubles du salon disparurent. — « A
quoi bon, disait mon père, un salon
pour qui ne voit personne ? ma montre
suffit à compter les heures qui ne s'en-
fuient, hélas ! que trop vite. Le luxe,
mon fils, est le hochet de l'orgueil ; il
est indigne du vrai sage. »

Je vis démeubler ainsi la maison, avec
toute l'indifférence de la jeunesse. Que
m'importait des canapés et des con-

soles ? Mais un jour, voulant prendre
quelques livres dans la bibliothèque,
je trouvai la place vide. La réforme,
cette fois, frappait sur mes plus chers
amis ; l'insouciante philosophie de
mon âge échoua contre une telle pri-
vation, et je ne pus m'empêcher de
témoigner mes regrets à mon père.
— Va, va, Joseph, me répondit-il,
le grand livre de l'homme, c'est la
nature : le temps qu'on passe à par-
courir les pensées des autres, est perdu
pour nos propres idées. En fait de
livres, mon fils, il faut avoir tout ou
rien : sans cela, comment choisir ses
lectures ? Tu as assez lu le peu de livres
que nous avions. Au surplus, les bibliothèques publiques te sont ouvertes.

La logique de mon père ne me consolait point ; mais, à ce chagrin d'é-
colier, succéda bientôt la plus cruelle
des douleurs.

Mon père avait coutume de s'enfermer sept ou huit heures par jour. dans une pièce en belveder , qu'il s'était réservée. Personne que lui n'y entrait jamais , et depuis long-temps , il m'avait interdit toute curiosité , sur le genre de ses occupations dans cette retraite. Un matin que j'étais sorti de bonne heure , pour la provision (nous n'avions plus de domestiques à cette époque), je trouvai , à mon retour , une foule considérable devant la maison. — « Voilà le fils , voilà le fils , » s'écrie une voix. A ces mots, chacun m'ouvre un passage , en donnant des marques de pitié. Tremblant et respirant à peine , je monte chez mon père.... Dieu tout puissant! je le trouvai sans vie , frappé , comme d'un coup de foudre , au milieu des fourneaux , des alambics et des creusets brisés. La pièce était pleine d'officiers de justice. Le chef de ces messieurs m'apprit qu'une violente détonation dans le belveder avait attiré les voisins, et qu'après avoir long-temps appelé, sans obtenir de réponse, ils avaient requis l'autorité, pour faire ouvrir les portes.

Voilà, M. d'Harcourt, comment à dix-neuf ans, je me vis orphelin, sans état et presque sans fortune.

Ainsi, tandis que mon père me vantait le mépris des richesses, il travaillait à la pierre philosophale : il se ruinait pour faire de l'or, et la recherche du grand œuvre lui coûtait la vie.

Ces réflexions, quand la douleur m'eut permis de m'y livrer, donnèrent à mes pensées une direction sérieuse. J'abandonnai la poésie, pour méditer sur les passions humaines. Les satires et les comédies firent place aux traités de morale. Ce n'était pas, direz-vous, le plus pressé dans l'état de mes affaires : mais vous savez, mon cher Samuel, qu'une fois atteint de la manie d'écrire, on n'y renonce jamais. Je me croyais guéri de la vanité littéraire ; je pensais être sage, parce qu'au lieu d'amuser les hommes, je prétendais les corriger. Hélas ! j'aurais fort bien pu les endormir, si j'eusse alors publié mes rêveries.

J'avais un oncle maternel procureur au parlement de Paris. Il se chargea de mes affaires ; la maison, rue des Ecrivains, était vieille et fort grevée ; il la vendit, paya les dettes, et plaça d'une manière solide les fonds qui ne furent point absorbés. Quant au mobilier, il n'en restait guère ; cependant les livres hermétiques de mon père se vendirent assez bien, tant le merveilleux a d'attrait, et la crédulité d'apôtres ! Enfin, tout liquidé, je

me vis à la tête de quinze cents livres
de rente. Ce n'était pas une brillante
fortune ; mais j'étais riche en maximes
d'Epictète.

Mon oncle m'offrit une place dans
son étude. Je l'acceptai d'abord, igno-
rant ce que j'aurais à faire. Bientôt
les requêtes me donnèrent une maladie de langueur ; la procédure, comme
un poison lent, altérait en moi les
organes de la vie. Je priai mon oncle
de me rendre la liberté. — « Mon
pauvre neveu, dit-il, je vois bien que
tu ne seras jamais procureur. Je ne
veux point te contraindre ; suis ta vocation ; parle, que veux-tu faire ? » —
A cette question imprévue, je fus sérieusement embarrassé. Répondre au
procureur que je voulais devenir mo-
raliste, il m'aurait pris pour un fou.
Après quelque hésitation, je lui dis
que je voulais étudier la philosophie,

et courir le bonnet de docteur. Mon
oncle branla la tête, et laissant échapper un soupir, qui semblait aller droit
à la mémoire de mon père : « Mauvais
métier, mon enfant ! mauvais métier,
me dit-il ; mais songeons d'abord à te
rétablir : dès ce jour, tu peux quitter
l'étude. » J'acceptai le congé de grand
cœur, comme vous pouvez croire ; les
ailes de Mercure ne m'eussent pas
rendu plus léger.

Une fois loin des sacs à procès, je
me sentis renaître. Je me logeai près
de la Sorbonne, dans la maison d'un
vitrier qui prenait des pensionnaires.
Là, je m'enfonçai plus que jamais dans
la métaphysique. J'écrivis un traité
des passions. Malheureusement, je ne
pouvais puiser mes études, ni dans le
monde, que j'ignorais, ni dans moi-
même, que je ne connaissais guère
mieux ; l'imagination faisait tous les

frais de l'ouvrage, l'observation n'y entrait pour rien.

A force de creuser mon sujet, j'arrivai, de conséquence en conséquence, à nier les passions elles-mêmes. Cependant une petite objection se présentait à mon esprit, c'était l'histoire tout entière. Je ne pouvais, en conscience, considérer les archives du genre humain comme une simple exception à mon système : il fallut donc composer avec mon paradoxe. J'établis alors en principe que toute passion était volontaire ; et, prenant l'amour pour exemple, je travaillai sérieusement à le détrôner de ce monde. Je commençai par lui ôter son bandeau, puis ses traits, puis ses ailes ; en un mot, je le défigurai si bien dans ma dissertation, qu'il ne ressemblait pas mal à l'indifférence.

Tandis que je me livrais à ces rêve-

ries métaphysiques, il nous arriva,
par la diligence, un nouvel hôte, qui
devait déranger mon système. C'était
une jeune fille de dix-sept ans, fraîche,
Rose, en deuil, et baignée de larmes.
Elle venait de perdre son père, décorateur au Grand-Théâtre de Lyon.
Orpheline et sans autre parent que son
oncle de Paris, elle lui avait demandé
un asile, que le bon vitrier, quoiqu'il
ne fût pas riche, ou peut-être parce
qu'il n'était pas riche, s'était fait un
devoir de lui accorder.

Quoi qu'il en soit, voilà Rose, c'est
le nom de la nièce, commensale de la
maison, dînant et soupant tous les
jours à la même table que moi. Je vois
encore le premier repas que nous fîmes
ensemble : ni sa vive douleur, ni la
fatigue du voyage n'avaient altéré sa
beauté; ses larmes, au contraire, re-
haussaient l'éclat de son teint; c'était

la rosée sur des fleurs. Rose sanglo-
tait, et ne mangeait pas. Le vitrier,
sa femme s'épuisaient en consolations ;
pour moi, qui, novice en amour,
avais de l'expérience en douleur, je
gardais le silence. Le souvenir d'une
perte encore nouvelle rendit mes pau-
pières humides. Rose, par un regard,
me remercia de cette sympathie.

Je ne vous peindrai pas, mon cher
Samuel, les progrès insensibles d'une
passion que vous prévoyez d'avance.
Ce ne serait point agir en fidèle historien. L'amour, comme s'il eût voulu
me punir de l'avoir mêlé dans une
dissertation morale, s'empara brusquement de mon cœur, sans me laisser
le temps de me reconnaître.

Dès ce moment, le traité de morale
fut oublié. J'aimais, je revins à la poésie. Je fis des églogues, où je peignais
l'excès de ma tendresse. Je n'osais les

montrer à Rose : j'étais tremblant et timide auprès d'elle ; mais, à défaut d'un aveu dans les règles, mes soupirs, mon trouble, mes soins empressés et maladroits, lui disaient assez l'état de mon cœur. Rose était coquette, je dois le dire (aujourd'hui ce n'est pas blasphémer) ; d'abord ma passion l'amusa ; peu à peu elle l'intéressa ; enfin, je fus aimé.

La jeunesse et l'amour ne prévoient point d'obstacles ; je demandai la main de Rose. Le vitrier me l'accorda ; mais il fallait le consentement de mon oncle, qui le refusa tout net. Ni larmes, ni prières ne purent toucher le procureur. — « Elle n'a rien, disait-il, toi peu de chose, point d'état, et les enfans! les enfans! » Telle fut sa réponse opiniâtre.

Je me gardai bien d'annoncer à la famille de Rose un refus aussi positif.

Je dis que mon oncle me trouvait un peu jeune, et demandait du temps. Le vitrier désirait ce mariage ; il prit patience.

C'était un brave homme que M. Vaquin. Il n'était pas riche ; mais il aimait le travail. Jamais il n'allait au cabaret : la lecture était son goût favori ; aussi parlait-il volontiers de M. de Voltaire, dont il avait quelques volumes dépareillés. Le dimanche, après souper, la vitrière, Rose et moi, car on me regardait comme de la famille, nous nous rassemblions dans l'arrière-boutique, autour d'un poële. M. Vaquin mettait gravement ses lunettes, et nous lisait avec enthousiasme Tancrède, Zaïre ou Mérope. Souvent, pendant la lecture, la main de Rose se trouvait dans la mienne, et je la serrais avec ivresse, aux passages qui parlaient pour moi. Le rôle

de prétendu me paraissait charmant ;
ses douces privautés me faisaient oublier qu'il devait bientôt finir. Mais
au bout de trois mois, M. Vaquin,
ne voyant pas arriver le consentement
de mon oncle, me signifia que je ne
pouvais demeurer plus long-temps
chez lui. Ce fut en vain que je voulus
obtenir un nouveau délai : demain,
me dit-il, demain, sans remise, il faut
nous quitter. A cet arrêt cruel, mon
sang fermente, ma tête s'échauffe ; je
vais trouver Rose, je lui conte mon
désespoir : fuyons, lui dis-je, allons
chercher le bonheur au fond d'une
province éloignée. Rose pleure, hésite,
refuse, et part avec moi la nuit même.

Les souvenirs de l'enfance, les lieux
qui nous ont vus naître se mêlent toujours à nos plans de bonheur. Rose
était Lyonnaise ; nous prîmes la route
de Lyon. De l'amour, des regrets et

des pleurs, des espérances, des craintes et des projets romanesques, telle
est l'histoire de notre voyage. Arrivés
à Lyon, nous étions trop jeunes tous
deux, pour nous marier sans le con-
cours de nos parens. Nous prîmes la
qualité de mari et femme, en attendant l'heureuse époque où nous pour-
rions réaliser cette fiction. J'écrivis à
mon oncle une lettre pathétique, où
je lui peignis en traits de feu les charmes et les vertus de Rose, le priant,
par post-scriptum, de me faire toucher mon revenu à Lyon. Le procureur ne répondit rien à l'épître ; mais
il fit droit au post-scriptum. C'était
l'important. Rose et moi nous étions
heureux. La liberté, l'amour et quinze
cents livres de rente ! que nous fallait-
il de plus ?..... Hélas ! de la constance.
Mais, comme je vous l'ai dit, Rose
était coquette.

Fille d'un décorateur, nièce d'un oncle passionné pour la tragédie, Rose aimait le spectacle. Nous allions souvent à la comédie. Douée d'une mémoire heureuse, ma jeune amie retenait des tirades entières, qu'elle débitait avec un naturel charmant. Je m'amusais à cultiver ces dispositions ; nous récitions ensemble des scènes de Molière, et tous les jours j'admirais les progrès de mon élève. Ce genre d'amusement réveilla chez moi le goût du théâtre. L'amour naissant avait chassé la métaphysique, l'amour heureux oublia les églogues : je fis une comédie.

Pour ménager une suprise à Rose, je lui lus ma pièce, sans lui dire qu'elle était de moi. Rose en parut contente ; mais quand j'eus trahi le modeste auteur, ce fut une joie, un enchantement qu'on ne saurait décrire. Elle m'embrassa, fit cent folies, et s'empara de la pièce en badinant.

J'avais oublié cette dernière circonstance, lorsque Rose, un beau matin, se montre à mes yeux en costume de théâtre. Elle me remet le manuscrit, me fait une profonde révérence, et la voilà qui débite mon premier rôle avec tant de justesse et de vérité, qu'oubliant la modestie d'auteur, je battis des mains à mon ouvrage.

« Je sais aussi ménager des surprises, me dit-elle. Apprends, Joseph, que ta pièce est reçue, et que dans quelques mois tu la verras représenter sur le Grand-Théâtre de Lyon. Te voilà tout émerveillé! écoute, écoute ce dont l'amour est capable. » A ces mots, mon cher Samuel, vous jugez si je fus attentif.

« Il était difficile, poursuivit Rose,

qu'en allant si souvent au théâtre, je
ne fusse pas reconnue des gagistes.
Le directeur apprend par eux que la
petite Rose (on me nommait ainsi du
vivant de mon père) est de retour à
Lyon. Il désire me voir, me fait suivre, et découvre notre demeure. Le
hasard veut que tu sois sorti, quand
il vient me rendre visite. C'est un fort
galant homme que M. le directeur,
et de plus mon parrain. Il m'interroge sur le motif de mon retour : je
veux lui conter notre prétendu mariage ; il me presse de questions,
m'embarrasse, et finit par tout deviner. Mon parrain n'est pas sévère :
il me gronde, mais doucement; ensuite il me demande des détails sur
ton compte. Fière alors de justifier mon
choix, je parle de ton esprit, je récite
des passages de ta pièce. Mon parrain
veut connaître l'ouvrage entier; cette

curiosité me paraît de bon augure ;
et je lui livre ton manuscrit. Aujour-
d'hui M. le directeur m'annonce, par
un billet, que ta pièce est reçue, si
je veux me charger du premier rôle,
et dès ce soir il nous accorde à tous
deux nos entrées. »

Rose ! Rose ! lui répondis-je, vous
avez été bien vite, et votre directeur
aussi. Ne devait-il pas, en galant
homme, s'adresser à moi pour connaître ma pièce, et savoir si je la des-
tinais au théâtre ? Pense-t-il donc me
séduire comme un enfant ? Toi comédienne ! ô ciel ! et notre amour, et nos
projets de mariage ! Ah Rose ! comment as-tu pu douter un seul instant
de mon refus ?

N'y pensons plus, dit Rose en m'em-
brassant ; et je vis, à son air rêveur,
qu'elle y pensait toujours. Dès ce moment, la jalousie se glissa dans mon

âme. Ce parrain directeur ne me disait
rien de bon. Je refusai les entrées qu'il
nous offrait: je voulus même décider
Rose à quitter la ville. Ce fut en vain :
Lyon, disait-elle, lui était devenu plus
cher, depuis qu'il avait protégé nos
amours. Faute de mieux, nous chan-
geâmes de quartier. Rose me promit
de rompre tout commerce avec son
parrain; mais la blessure était faite,
les jours du bonheur avaient disparu.
Pour tromper mes chagrins, je voulus
entreprendre une nouvelle comédie.
Hélas! la Muse n'y était plus; l'inquiétude et le soupçon avaient pris la place.
Loin de pouvoir l'appliquer aux combinaisons dramatiques, je n'avais pas
trop de toute mon imagination, pour
me tourmenter moi-même. Je m'ac-
cusais d'avoir causé ma perte; c'était
moi qui, par mes leçons, avais déve-
loppé chez Rose le goût du théâtre.

D'une fille pleine de candeur, j'avais fait une excellente actrice ; et dans l'expression de ses sentimens, je ne savais plus distinguer l'art de la vérité.

Vous dire aujourd'hui si Rose alors était infidèle, ou si la jalousie me fascinait les yeux, ce serait une témérité, puisque le doute est resté dans mon esprit. Ce qu'il y a de certain, c'est que je crus en voir assez pour prendre une résolution désespérée. Sans plaintes, sans reproches, je partis un matin pour Paris, laissant à Rose, avec des adieux fort touchans, notre petit mobilier, et tout ce qui me restait d'espèces.

En descendant à Paris, je fus chez mon oncle le procureur. Il me reçut comme l'enfant prodigue, et me logea chez lui. En attendant qu'il m'eût trouvé quelque emploi lucratif, car il

songeait toujours au solide , il me
chargea de recevoir ses clients, lorsqu'il lui arrivait de sortir avec son
maître clerc. J'acceptai cet office avec
l'indifférence d'un cœur souffrant.
Dans la vérité, mes pensées étaient
plus à Lyon qu'à Paris ; ma résignation n'avait aucun mérite.

Cependant le plus adroit, le plus
éloquent, le moins importun des con-
solateurs, le temps, adoucit peu à peu
l'amertume de mes regrets. Le souvenir de Rose devint moins douloureux ;
son image, sans s'effacer, recula
dans l'espace, comme une illusion
d'optique, et s'arrêta juste à ce point
de perspective, où je pouvais la voir
sans danger pour mon cœur.

Insensiblement l'emploi que mon
oncle m'avait confié m'intéressa. Je
voyais des plaideurs et des plaideuses
de toutes les couleurs. Ils me parlaient

de leurs intérêts avec sollicitude. J'appris à lire au fond des consciences. C'est peut-être là que j'ai le mieux étudié les divers caractères : en effet, quelque rusé que soit un plaideur, il est transparent pour son conseil ; ses réticences même sont des révélations. Je fis de tristes découvertes, j'en conviens ; mais la cupidité, l'entêtement, l'orgueil et autres conseillers de procès, ont leur côté comique : je tâchai de le saisir. Je ne traitai point les passions au sérieux, je ne prétendis plus leur faire la guerre avec des argumens ; j'esquissai des scènes de comédie qui devaient me servir un jour.

Mon oncle, voyant mon ardeur à faire parler ses clients, s'imagina que je prenais goût au métier : « Courage, courage, mon neveu, me disait-il, si tu ne veux pas être procureur, tu pourras au moins devenir avocat ; c'est

toujours un bon pis-aller. » Hélas! le
pauvre oncle rabattit bien de son es-
time pour moi, quand il apprit qu'au
lieu d'étudier Justinien, je composais
des comédies. Voici comment il dé-
couvrit la chose.

Depuis mon retour à Paris, j'avais
terminé une petite pièce en un acte,
que je voulais lancer sur la scène,
pour tâter le goût du public. Je col-
portai mon ouvrage de théâtre en
théâtre, sans obtenir qu'il fût reçu.
Vous pensez bien que je commençai
d'abord par le Théâtre-Français; ensuite, gâtant ma pièce par des ariettes
et des couplets, je descendis d'échelon
en échelon jusqu'aux Boulevards : je
trouvai partout des Cerbères. Alors,
M. d'Harcourt, j'éprouvai quelques
symptômes du mal qui vous tourmente.
Mais il y a des grâces d'état, et, chez
le poëte le plus malheureux, l'amour-

propre a toujours un quartier de ré-
serve, où l'espérance se réfugie. Peut-
être, me dis-je, un ouvrage plus important serait-il mieux reçu de messieurs les directeurs ; j'entrepris une
pièce en trois actes. Je me disposais à
lui faire faire ses caravanes, lorsqu'un
inconnu se présente chez mon oncle,
et demande à me parler. « Vous avez
« fait une pièce, Monsieur, me dit-il,
« après m'avoir pris à l'écart, vous
« n'avez pu la faire recevoir ; cela de-
« vait être, cela sera toujours, jusqu'à
« ce que vous soyez connu par un suc-
« cès, ou présenté par un auteur en
« crédit. Je viens vous offrir mes ser-
« vices : je me flatte de faire jouer
« votre ouvrage dans un mois, à la
« comédie Italienne, en le donnant
« sous mon nom. »

A la joie qui brillait dans mes yeux,
le courtier dramatique vit bien que

2..

j'étais homme à lui faire bon marché
de ma pièce; en conséquence, il se
hâta d'ajouter : « Comme je cours les
« risques d'un revers, il est juste que
« je profite en partie du succès. Si ma
« proposition vous convient, je vous
« laisse un quart du droit d'auteur. »
J'étais trop impatient de me voir en
face du parterre, pour disputer sur
les conditions; je consentis à tout, et
livrai, sans regret, ma pièce à ce noble
protecteur des jeunes talens. Je n'eus
point à m'en repentir. Il me tint parole ; je fus joué, je fus applaudi ;
j'étais au comble de mes vœux. Quant
à la part d'auteur, dont je devais toucher un quart, mon prête-nom m'apprit, avec douleur, qu'elle avait été
saisie par des créanciers impitoyables,
qui n'avaient jamais voulu reconnaître
mes droits.

Je me consolai sans peine de cette

mystification. Pour toute vengeance,
je présentai, moi-même, au directeur
de la comédie Italienne, ma pièce en
trois actes, et lui contai le tour qu'on
m'avait joué. Il m'écouta froidement,
sans témoigner de surprise ; ensuite,
après avoir négligemment feuilleté
mon manuscrit, il m'indiqua jour
pour une lecture. La division régnait
alors parmi les membres du comité.
La jeune première, soutenue du directeur, avait un parti puissant ; mais
la basse-taille et le tenor, passant du
côté de la soubrette, venaient de gros-
sir l'opposition. Au jour indiqué, je
lus ma pièce devant le tribunal lyri-
que. Le Colin, qui, pendant la lecture,
sifflait un petit air, se lève, et dit en
rajustant sa cravate : L'ouvrage est
trop faible d'intérêt. — Sans doute,
ajoute la basse-taille ; d'ailleurs le rôle
de soubrette est sacrifié. — Le rôle

est ce qu'il doit être, reprend la jeune
première ; la pièce est faite pour avoir
du succès. A ces mots, grands débats ;
les orateurs s'attaquent de part et
d'autre avec vivacité ; les épigrammes
s'en mêlent ; les amours-propres s'ir-
ritent ; les querelles de coulisses chan-
gent l'objet de la discussion, et l'as-
semblée se sépare sans rien décider.
Heureusement, à quelques jours de là,
les esprits se rapprochèrent dans un
dîné ; le directeur accorda deux re-
présentations à bénéfice, et ma comédie fut reçue, pour cimenter la trans-
action. Mais je n'étais point de la co-
terie des auteurs en crédit ; les tours
de faveur, qui se succédaient sans relâche, semblaient clouer ma pièce au
fond du carton. J'avais beau présenter
de très-humbles suppliques à M. le
directeur, c'étaient les pétitions ren-
voyées aux ministres, ou, si vous

aimez mieux, les placets du capitaine Chinchilla.

Je commençais à perdre tout espoir, lorsqu'un accident imprévu m'ouvrit la scène, au moment où j'y songeais le moins. Le Colin tomba malade ; il devait jouer le principal rôle dans un opéra pastoral qu'on allait représenter. L'auteur, qui ne voulut pas confier sa pièce au double, ni laisser passer un confrère dont il était jaloux, m'offrit généreusement son tour. Vous jugez de ma joie. Je distribue mes rôles, je change, j'ajoute, je retranche des mots, des vers, des tirades entières selon le caprice des chanteurs, des comédiennes et du compositeur. Je sue sang et eau pour les répétitions, j'épuise mes poumons en conseils et ma bourse en présens ; l'affiche enfin m'annonce, les bureaux s'ouvrent, le parterre est rempli. Tremblant de

crainte, palpitant d'espérance, agité
dans ma loge grillée, comme l'ours
derrière ses barreaux, je dévore des
yeux la toile ! elle se lève ... Mon cher
d'Harcourt, mon ami, vous ignorez
ce que c'est que d'être sifflé ; puissiez-
vous ne jamais l'apprendre ! Dès la
première scène, l'orage commença.
Les sifflets et les cris couvraient la
voix des comédiens : pour comble de
douleur, j'aperçus au milieu du parterre mon indigne prête-nom, qui
commandait la manœuvre, et prési-
dait à mon supplice. Ce fut pour moi
le signal de la retraite.

Je revins chez mon oncle, pâle et
malade. Je me mis au lit en arrivant ;
mais le sommeil s'éloigna de ma pau-
pière : je passai la nuit à me désoler,
à maudire les Muses et la cabale, le
théâtre et le parterre. Le lendemain,
mon oncle s'aperçut de mon état dou-

loureux, et parut prendre un si vif
intérêt à ma santé, que, cédant au
besoin d'exhaler mes plaintes, je lui
racontai mon désastre. — « Ah! malheureux jeune homme, s'écria-t-il, tu
faisais des comédies! je ne m'étonne
plus si tu maigrissais à vue d'œil. Cesse
de t'affliger, mon cher neveu, remercie plutôt le ciel de la leçon qu'il te
donne, et renonce au plus sot des mé-
tiers. Laisse là les vers, mon ami,
fais-moi de la grosse; je te passerai
ma charge, et tu auras dans le monde
un état honnête. » Oui, mon oncle,
lui dis-je, oui, je renonce pour jamais
au théâtre. En effet, au bout de quelques jours, je publiai mes adieux à
Thalie. C'était une satire dialoguée
contre les voleurs littéraires. J'y ra-
contais l'histoire de mes deux comédies; j'y démasquais le traître qui,
après m'avoir escamoté la première,

avait fait siffler la seconde. L'ouvrage
eut du succès. Voyant qu'il faisait fortune, les journalistes, qui n'avaient
pas daigné l'annoncer, se hâtèrent de
le recommander au lecteur, lorsque le
libraire avait tout vendu. Pour mettre
à profit leur tardive bienveillance,
je donnai une seconde édition de ma
satire. Elle ne fut pas moins bien
accueillie du public.

Ravi de ce vent favorable, je mis
toutes voiles dehors : je fis imprimer
mes deux comédies avec une préface
en vers, dans laquelle, abjurant mes
premiers sermens, je consacrais ma
lyre au culte de Thalie.

Sur ces entrefaites, je reçus des
nouvelles de Lyon. Le directeur du
théâtre m'annonçait le succès de ma
pièce, et m'envoyait des lettres de
change. Je soupçonnai que Rose entrait pour beaucoup dans cette affaire.

Mon cœur n'était pas encore si bien guéri, qu'il n'en murmurât tout bas; mais la lettre arrivait dans un bon moment; je commençais à savourer la faveur du public. Je me résignai, puisque ainsi l'ordonnait la fortune, à partager avec Rose les applaudissemens des Lyonnais : je touchai les lettres de change.

Encouragé par le succès de Lyon, j'offris ma pièce aux Comédiens Français. Ils la reçurent, et j'eus la joie de la voir réussir. Je sentis alors naître une nouvelle ardeur : les applaudissemens échauffèrent ma verve, et mes ouvrages se succédèrent avec rapidité aux deux théâtres. Bientôt je devins le favori du parterre ; les comédiens s'arrachaient mes pièces ; les actrices voulaient avoir de mes conseils. A la vérité, les gens de lettres me critiquaient ; mais, comme on critique un

auteur en vogue, avec la précaution
de se dire mes amis.

Grâce à mes succès dramatiques, je
devins l'homme à la mode ; on disait :
Nous aurons Largillière. Recherché,
fêté dans la bonne compagnie, je n'é-
tais pas un jour sans invitation. Je me
livrai d'abord à cette vie dissipée ;
j'espérais trouver dans le grand monde
des caractères comiques, et d'utiles
études pour la scène. Je ne tardai pas
à reconnaître mon erreur ; je ne voyais,
en effet, autour de moi, que des habits
de parade, je n'entendais que de jolis
mots ; chacun fardait ses discours, personne ne se montrait au naturel. Las
de ne trouver que des masques où je
cherchais des physionomies, je me retirai peu à peu des sociétés brillantes.
Je changeai de quartier, et, sous le
nom de M. Joseph, je me faufilai dans
la bourgeoisie. Là je trouvai des em-

preintes moins usées. M. Joseph ne
valait pas la peine qu'on se déguisât
devant lui : j'entendis quelquefois le
vrai langage des passions. Grâce au
jargon, dans les salons dorés, les sots
eux-mêmes ont de l'esprit tout fait ;
mais dans la classe moyenne, l'hypo-
crisie d'esprit est impossible : chacun
parle sa langue, et si les vices s'y mon-
trent moins nombreux, les ridicules
s'y dessinent plus largement. C'est là,
M. d'Harcourt, que j'ai puisé mes
comédies ; aussi, les gens du bel air
traitent mes pièces de comique bour-
geois : ils réclament (jusqu'où va l'ap-
pétit des priviléges!) l'honneur exclusif
d'amuser le parterre à leurs dépens.
Mais ils ne m'ont point converti. Qui
pourrait, d'ailleurs, contenter les
marquis de Molière? Ils se fâchent
quand on les joue, ils se plaignent
dès qu'on ne les joue plus. Heureuse-

ment ils ne dictent pas seuls les arrêts
du public. Paris m'a vengé de Ver-
sailles.

Evitant l'écueil des faiseurs de mémoires, je ne vous donnerai point
l'analyse de mes ouvrages. J'ai passé
la moitié de ma vie au spectacle, ou
devant mon bureau. Ce genre d'existence laisse peu de place aux aventures : mon récit touche donc à sa
fin.

Je n'ai plus à vous apprendre qu'un
triste événement, qui fut pour moi
la source de longs et douloureux regrets.

Le temps et l'absence avaient banni
de mon cœur tout ressentiment contre
Rose; il m'en restait un tendre souvenir. Je nourrissais depuis long-temps
le projet de revoir mes premières
amours; mais le cours de mes succès
m'enchaînait à Paris. J'avais toujours

quelque pièce à l'étude, et n'osant confier à d'autres le soin des répétitions, je remettais mon voyage d'année en année. Vain mortel, je disposais de l'avenir! Hélas! j'eus la douleur de ne point accomplir mon vœu. Rose mourut à trente-quatre ans. J'appris cette triste nouvelle, en recevant l'avis qu'elle m'instituait son héritier.

Voilà mon histoire, M. d'Harcourt. Après avoir joui de mes succès, tant que la verve ne m'a pas abandonné, j'ai su fermer à temps la collection de mes œuvres, et sauver au public les dernières homélies.

Vous voyez par mon exemple, poursuivit M. Largillière, qu'il ne faut pas reculer devant les obstacles. Patience et persévérance, c'est la devise du poëte dramatique. Les délais, les remises, les tours de faveur; la fatuité de ces messieurs, les caprices de ces

demoiselles, les injustices même du
public, rien ne doit le décourager.
Un jour, un seul jour peut assurer sa
gloire, et la joie du triomphe fait oublier les fatigues du combat. Quant
aux sombres vapeurs, c'est le privilége
du métier : celui qui tient la marotte,
n'est pas celui qui rit davantage. Molière était triste, Goldoni se plaint
dans ses Mémoires de sa mélancolie,
et l'arlequin Dominique mourut de
consomption. Comment le poëte comique se défendrait-il de la misan-
thropie? La nature de ses études dé-
truit à ses yeux tous les prestiges : il lit
dans les consciences, hélas! et quelles
tristes pages! Qui sait si Molière, dans
le Misanthrope, n'a pas fait sa profession de foi! Ah! sans doute, les
observations qu'exigeaient ses autres
comédies, amassaient ce chef-d'œuvre
dans son âme, et l'auteur dut souvent

éprouver les noirs accès du personnage.

Contre ce mal, la raison ne peut
rien ; les applaudissemens du parterre
sont un des meilleurs spécifiques. En
attendant l'époque où vous pourrez
en user, je vous conseille un petit
voyage. Les champs et l'exercice repo-
seront votre esprit. Pendant ce temps
je presserai les comédiens, et je tâcherai d'abréger pour vous le tourment
de l'attente.

CHAPITRE XIV.

Les Cloches.

... O qui me gelidis in vallibus Hæmi
Sistat, et ingenti ramorum protegat umbra.

VIRGILE. *Géorgiques.*

Dieu ! que ne suis-je assis aux bords du Sperchius !
Quand pourrai-je fouler les beaux vallons d'Hémus !
Oh ! qui me portera sur le riant Taïgète,
Et d'un épais feuillage ombragera ma tête !

DELILLE.

LE récit de M. Largillière m'avait
intéressé, sans pourtant me raccom-
moder avec l'espérance. J'avais du
chagrin ; eh ! qui n'en a pas dans ce
monde mélancolique ! Je me raison-
nais, pour me consoler ; mais que
peuvent, sur les douleurs, les artifices
de l'éloquence humaine, auprès de la
voix simple et sublime qui a placé les
consolations dans un beau ciel et dans
une eau limpide ! Ainsi rêvant, je
montai dans la voiture qui devait m'en-

traîner loin de Paris, et me porter
vers les bois, les vallées et les collines
affranchissantes. Il est difficile que le
souvenir de Jean-Jacques ne vienne
point se mêler aux idées tristes d'un
homme de lettres : j'allais à Montmorency.

Nous étions près d'arriver ; je re-
marquai un homme au fond de la voiture, qui n'avait rien dit pendant la
route. Faute de mieux, mon imagination s'empare de cet homme à barbe
longue, aux cheveux noirs et en dé-
sordre. Je m'amuse à chercher, sous
cette grosse redingote, un grand dé-
guisé, une victime des révolutions.
La cloche d'un hameau voisin se fait
entendre, mon homme pousse un
profond soupir, sa physionomie devient triste ; je me rappelai la cloche
natale de M. de Chateaubriand, et,
sans le portrait de M. Girodet, qui

résistait à mon désir, j'allais voir,
dans mon compagnon de voyage, le
chantre des Martyrs et d'Atala. C'était
peut-être un autre Yorck, un nouveau
B. de Saint-Pierre... Je ne pus résis-
ter à ma curiosité, et donnant à ma
voix le son le plus compatissant qu'il
me fut possible, à mes regards l'expression la plus capable de solliciter
un épanchement, je hasardai ces mots
(sur l'air : *Versez tous vos chagrins
dans mon cœur*) : « Ce bruit, Monsieur, ne vibre point impunément à
vos oreilles ? » Second soupir, regards
accusant le ciel. — « S'il n'était pas
indiscret de vous demander le sujet
de vos peines ? quelquefois on trouve
du soulagement à les raconter. » —
Monsieur, me répond une voix sépul-
crale, sortie de la redingote brune,
ces cloches me rappellent que j'étais
sonneur avant la révolution ; des en-

nemis m'ont fait perdre mon emploi ;
mais, sans se flatter, on sonnait un
peu plus *proprement* que ce misérable
carillonneur, qu'on paie peut-être
plus cher que je ne l'ai jamais été ; et
pourtant j'étais élève de mon père,
car nous sommes sonneurs de père en
fils, afin que vous le sachiez, et ça,
depuis qu'il y a des cloches. — Ce fut
mon tour de soupirer, et continuant
tout haut ma pensée : ainsi, dis-je, la
lance de Merlin dissipe les enchante-
temens! Je reçus une leçon du sonneur, car, moins curieux que moi, à
ces mots dont il n'entendait que le
bruit, il ouvrit la bouche ; un bâille-
ment continua l'effet de la surprise,
et mon homme s'endormit profondé-
ment, ne songeant pas plus à la lance
de Merlin, que je n'aurais dû songer
au soupir d'un gros homme dans une
voiture publique.

3.

CHAPITRE XV.

Le Livre.

Du flambeau qui nous éclaire
La vacillante clarté,
Au moindre souffle s'altère,
Et s'éteint, flamme légère,
Au vent de l'adversité.

SAMUEL. Élégies.

Si j'avais été trompé dans mes espérances romantiques, un épisode intéressant m'attendait à Montmorency. Pour consoler le lecteur, qui n'a peut-être pas été moins déçu que moi-même, par le début du précédent chapitre, je me hâte de lui conter la rencontre que je fis en me promenant dans la vallée.

C'était un jeune homme d'environ trente ans, blond et d'une physionomie spirituelle. Assis sur un tronc d'arbre, dans une attitude pensive, il

tenait un livre à la main. Le plaisir de
sa lecture semblait l'absorber tout entier. Quelquefois il tournait les pages
avec rapidité, comme s'il eût dévoré
ce qu'elles contenaient; quelquefois
un doux sourire, un long repos, faisait supposer une pensée consolante,
un passage qu'on relit et qu'on mé-
dite. On voyait, au mouvement de ses
yeux, tantôt lent, tantôt accéléré,
qu'il cédait tour à tour au charme de
la rêverie, et à l'entraînement de la
curiosité. Qu'y a-t-il donc dans ce livre
merveilleux, dont on lit une page en
une minute, et qui fournit, la page
suivante, un si vaste champ à la mé-
ditation; dans ce livre qui fait sourire
et fait couler des larmes? Oh! si je
voyais le titre, si je découvrais une
nouvelle source de sentimens et de
pensées!...... Mais il y aurait de l'in-
discrétion à troubler sa lecture pour

l'interroger. Je cherchais dans mes souvenirs quel ouvrage avait produit chez moi un aussi grand nombre de sensations variées, que j'en découvrais sur la physionomie mobile de l'inconnu. Tout à coup il lève les yeux, jette autour de lui des regards inquiets, porte le livre à ses lèvres, et le cache dans son sein avec crainte et mystère. Je m'approchai de lui : — Pardon, Monsieur, si je vous adresse la parole : comment excuserez-vous ma curiosité? vous lisiez tout à l'heure avec tant de plaisir! j'aimerais à connaître le titre d'un ouvrage qui attache si vivement. — Vous m'avez vu lire? oh! je vous en prie, ne me trahissez pas. Je n'ai plus que celui-là : qu'on ne me l'enlève pas; c'est le seul bien, le seul ami qui me reste. En disant ces mots, il plaçait ses deux mains sur sa poitrine, comme pour défendre son trésor. Je commençai, dès cet instant, à deviner l'état de cet infortuné jeune homme, et mon cœur se serra. Rien ne m'afflige davantage que la vue d'un pauvre fou. Les liens de la raison humaine sont si faibles, si fragiles ! en les voyant brisés dans son semblable, on se plaint soi même dans le malheur qui frappe les regards : à moins d'un orgueil colossal, on cherche à s'assurer de son âme, et, comme le fou de la vallée, on serre son livre à deux mains. Ces pensées sont rapides, confuses ; mais elles sont vraies. Pauvres humains ! il n'est pas jusqu'au sentiment de la pitié où l'amour de soi ne se glisse !

Pendant ce soliloque, mes traits, sans doute, étaient pleins de bienveillance. Ils rassurèrent le jeune lecteur, qui tira le livre de son sein, et me le montra. Ce livre était blanc, et sans titre. — Voyez, dit-il, c'est mon ouvrage, c'est l'ouvrage de ma vie entière. Il y a de tout : j'ai copié à la suite un extrait de ma bibliothèque. Ma chère bibliothèque ! on me l'a ravie. Je n'ai plus que ce volume : voulez-vous que je vous lise un passage ? Alors il chercha quelques instans, comme pour choisir un morceau de son goût ; puis, avec une expression, un son de voix que je n'ai jamais retrouvé, il me lut le fragment qui suit.

La Poésie, l'Amour et la Vertu, fusion chérie.

« L'âme de l'homme est légère comme la semence ailée du saule. Elle s'élève, si rien ne l'arrête, et voltige de nuage en nuage. Elle est faite pour les régions éthérées, où des parfums délicieux, des concerts enchanteurs l'enivrent d'une double ivresse. L'oiseau qui fend les plaines de l'air arrive au terme de son vol ; la fatigue suspend ses efforts ; il a besoin de chercher un point de repos. L'âme de l'homme est infatigable ; plus elle s'élève, plus elle trouve de force : c'est un soleil sans levant, qui n'a point de coucher; c'est Antée, qui reçoit des forces nouvelles quand il touche sa mère ; et pour l'âme, la terre c'est le ciel. L'amour est le breuvage de l'âme, la poésie sa musique, la vertu son ambrosie. Voici le chant de la poésie, quand elle décrit l'amour, seul prix digne de la vertu :

« Vous atteindrez les demeures célestes. Là, vous nagerez sans cesse dans une atmosphère qui n'est ni l'air, ni l'eau, ni la vapeur, mais une substance aériforme, odorante et veloutée, qui verse la volupté par tous les pores, comme les caresses d'une amie. Faibles

3..

mortels! entendez-vous mes chants ?
Quel langage pourra décrire des tor-
rens de félicité! Je ne veux parler aujourd'hui que de l'air qu'on respire ;
ma voix cherche des mots, des images,
et ne trouve que glace et pâleur. » —
Ici le jeune homme baissa le livre :
pardon, me dit-il, j'entends une musique divine, je cède au charme de
l'harmonie. En disant ces mots, il
remet le livre dans son sein, et traduit
par une pantomime admirable, les
situations, les mouvemens, les passions variées de la musique céleste
qu'il croit entendre. Tout à coup l'expression de ses traits devient terrible ;
il combat, il triomphe ; sa physionomie prend un caractère sublime : c'est
la victoire, c'est l'apothéose. Cependant l'énergie de ses mouvemens a
consumé ses forces; de grosses gouttes
d'eau découlent de son visage ; bientôt

il tombe dans un affaissement profond, auquel succède le sommeil.

Alors je vis s'avancer un vieillard
vénérable, suivi d'un homme robuste.
Arrivés sur le lieu de la scène, ils enve-
loppèrent le malheureux jeune homme
dans une couverture qu'ils avaient ap-
portée. Le vieillard le chargea sur les
épaules de son compagnon, et tous
deux reprirent en silence le chemin
du village.

CHAPITRE XVI.

Le Récit.

Je sais que je le vois et ne le puis trouver !
CORNEILLE. *Héraclius.*

TENDRE pitié ! bonne et belle affection de l'âme, germe précieux des plus douces vertus, tu rends les hommes meilleurs et moins à plaindre, en leur rappelant qu'ils sont frères !

L'état de ce pauvre aliéné, la douleur silencieuse du vieillard m'avaient isolé de mes propres soucis. Je ne voyais plus que ces deux êtres, dont la destinée semblait unie par une solidarité de malheur. Mon imagination sondait leurs profondes blessures ; je devenais père, j'éprouvais les angoisses du vieillard, et, par une erreur de sympathie, je prêtais ma raison au

jeune homme, pour déplorer la perte
de la sienne.

Quel est ce jeune infortuné? quel
accident a troublé sa raison? je veux
apprendre son histoire. L'intérêt le
plus tendre, je ne sais quelle vague
espérance d'adoucir ses chagrins, me
retiennent à Montmorency. Je cher-
chai le vieillard. En lui parlant du
spectacle dont j'avais été témoin, je
lui montrai tant de compassion et si
peu de curiosité, qu'il me fit de lui-
même le récit de son malheur.

« Hélas! Monsieur, me dit-il, je
n'avais...... je n'ai qu'un fils...... vous
l'avez vu! J'éprouve une sorte de soulagement à parler de mon cher Albert.
Cependant, comment parler de mon
pauvre fils, sans retrouver tous nos
malheurs! La plus belle âme, la plus
ardente imagination, un cœur brû-
lant, pas un vice, Monsieur, pas un

seul ! Et moi, je m'applaudissais de
le voir passer les jours et les nuits à
dévorer les trésors de toutes les litté-
ratures ; je remerciais le ciel des dons
qu'il prodiguait à mon enfant. Tous
les arts lui semblaient familiers ; rien
ne résistait à sa passion de connaître.
La variété du travail lui servait de dé-
lassement. Il était surtout passionné
pour la musique ; il composait, il im-
provisait des cantates, dont l'air et les
paroles sortaient à la fois de son cœur.
Hélas ! il fit une romance pour la fille
d'un général, dont la terre était voisine de notre ville. Depuis ce moment,
il ne trouva plus que des chants d'a-
mour. Jusqu'alors la vie l'intéressait,
le monde lui paraissait immense, l'uni-
vers inépuisable. Les secrets de la nature, qui faisaient l'objet de ses recher-
ches, ne pouvaient rassasier son esprit
curieux. Les merveilles de la création

enflammaient sa jeune âme, et la por-
taient jusqu'à l'enthousiasme. Mais dès
qu'il eut vu la jeune Amélie, il n'y eut
plus qu'un sentiment, qu'une passion
dans son cœur; tous les rayons du
foyer s'y concentrèrent, et l'amour
dévora sa raison. »

Ici le vieillard s'interrompit; un ruis-
seau de larmes coula de ses yeux; ensuite, levant ses regards vers le ciel,
comme pour y chercher le prix de sa
résignation, il continua en ces termes:

Les transports de l'amour et les
symptômes de la folie ont tant de res-
semblance, que, dans les premiers momens, je doutais encore de mon malheur. J'étudiais les regards de mon
fils, je m'efforçais d'attribuer à la passion seule, l'expression délirante dont
ils étaient empreints. Mais bientôt il
ne fut plus possible de donner le change
à mes craintes. Ah! que le cœur d'un

père retient fortement l'espérance !
quelle affreuse certitude ! quelle irré-
cusable réalité d'un mal sans remède
il faut pour l'en détacher ! Ce n'est pas
une divinité bienfaisante qui s'envole
et vous abandonne, c'est une portion
de soi-même, qu'on se sent arracher
avec déchirement !

Le désespoir ne marqua pas les premières phases de la maladie d'Albert.
L'activité de son imagination délirante le portait vers les moyens de
succès. — « Qu'on me donne un fou-
gueux coursier, des armes et des en-
nemis, je veux m'illustrer dans les
combats ; je veux, des drapeaux con-
quis par mon courage, élever une
tente à la belle Amélie. Les chants de
victoire lui porteront le nom d'Albert. Une avenue de lauriers joindra
notre demeure au château qu'elle habite. Qui pourrait arrêter l'amour dans

son vol, quand la renommée lui prê-
tera ses ailes. » Tels étaient ses discours. Une autre fois, il commençait
un poëme, une tragédie ; puis quit-
tant brusquement ses études poéti-
ques, il s'entourait de sphères et de
compas — « Newton, Newton! s'é-
criait-il, je te tiens ; je veux achever
ton ouvrage. C'est au génie à soumettre l'amour. L'amour anima l'U-
nivers ; l'amour peut expliquer le
monde ! » Cependant Albert apprit le
mariage d'Amélie. A cette nouvelle il
tomba dans un sombre désespoir, et
sa raison fut perdue sans ressource.
Les médecins, après avoir tenté d'inu-
tiles efforts, m'ont conseillé de faire
voyager mon pauvre malade, et je suis
venu passer quelques jours à Montmorency.

CHAPITRE XVII.

Les Comédiens de campagne.

Quo semel est imbuta recens, servabit odorem
Testa diù.

HORACE.

Le vase est imbibé, l'étoffe a pris son pli.
LA FONTAINE.

DÉCIDÉMENT je suis médecin ; j'entreprends la cure du jeune Albert ; j'arrange un système de conversation ; j'invente des chagrins d'amour, pour faire dévier sa douleur. Nous pleurons ensemble, je voyage avec lui, j'épie les progrès de sa raison, je le rattache à la vie, et j'opére enfin sa guérison parfaite. Heureux Samuel ! quel plus bel usage des facultés de l'esprit ! quelle douce joie au fond de ta conscience !....

Hélas ! ce bonheur, ce succès n'est que le rêve d'une insomnie. Le sommeil me surprit au jour ; et quand je m'éveillai, le vieillard et son fils n'étaient plus dans le village.

Personne ne put m'indiquer la route qu'ils avaient prise. Rien ne me retenait plus à Montmorency : je résolus de voyager à pied. Comme un paladin du temps des Amadis, je prends au hasard le premier chemin que je trouve ; mon imagination est montée sur le ton romanesque. S'il ne m'arrive point d'aventures, ce n'est pas faute d'en désirer.

Tu dis bien vrai, Montaigne ! l'homme est un être ondoyant et divers. Je ne suis plus le poëte hypocondre, je ne suis plus le médecin philantrope : je me sens gai, dispos, léger ; respirant l'air avec délices, je contemple les beautés de la nature ;

je sens frémir en moi l'instinct de la
liberté : la terre est à toi, marche. O
chère imagination ! que ton domaine
est vaste ! Allons, ami Sancho, voici
le vrai chemin des aventures ; et Cer-
vantes me contait cent folies, quand
tout à coup Gil-Blas vint m'arracher
à Don-Quichotte. Je vis, à vingt pas
de moi, un homme de belle taille,
qui déclamait et gesticulait en mar-
chant. Ce ne peut être que Melchior
Zapata, ce comédien de campagne
qui trempait des croûtes dans une fontaine. Je me hâte de le joindre. —
Qu'est-ce donc ? qu'avez-vous ? lui
dis-je en l'abordant.

—.............. Laissez-moi, je vous prie.
— Mais encore dites-moi quelle bizarrerie.....
— Laissez-moi là, vous dis-je, et courez vous cacher.
— Mais du moins on entend les gens sans se fâcher.
— Moi je veux me fâcher, et ne veux rien entendre.
Etc. etc. etc. etc. etc. etc.

Et nous débitons jusqu'au bout la première scène du Misantrope. — Bravo! bravo! mon cher confrère, s'écria-t-il après ma dernière réplique ; vous possédez votre Philinte à merveille. Je serais fort heureux d'être aussi bien secondé dans notre compagnie. Vous vous trompez, lui dis-je, je ne suis pas comédien, mais auteur, pour mes péchés. — Monsieur, reprit l'acteur, chacun connaît son mal. La vie comique a bien son côté triste ; et, tel que vous me voyez, je voudrais n'avoir jamais touché les planches. Ce début promettait une histoire : je n'étais pas homme à la laisser échapper. — Vous n'êtes donc pas heureux? — Tant s'en faut! — Cependant le jeu parfait dont je viens d'avoir un échantillon, doit vous assurer les suffrages du public. — Ah! je n'ai point à me plaindre du parterre ; je puis même

dire, sans vanité, qu'il me traite avec
bienveillance. Mais une fois hors du
théâtre, quel est le rôle du comédien
de province? Vous voulez bien causer
avec moi, Monsieur, je vous en remercie ; vous êtes auteur, vous êtes
sur le grand chemin ; sans ces deux
circonstances, vous ne daigneriez pas
vous entretenir avec un histrion. Con-
venez-en, Monsieur, cette idée seule
fait cruellement payer les bravo du
public. — Le monde est injuste, lui
répondis-je, il se plaît à porter ses ju-
gemens en masse ; il trouve plus court
de juger les classes que les individus.
Permettez-moi de ne point l'imiter ;
votre façon de penser prouve qu'il est
partout d'honorables exceptions. » Je
venais de toucher la corde sensible :
j'eus l'histoire du comédien ; elle n'est
pas longue, lecteur, et vous l'aurez
aussi. C'est lui qui parle.

Je suis fils d'un notaire de province.
Mon père n'a que deux enfans : mon
frère, un fort bon sujet, qui le console sans doute des chagrins que je lui
cause, et moi qui me suis fait comédien
par amour. Jugez de mon malheur,
Monsieur, j'ai quitté la maison pater-
nelle pour suivre une jeune actrice ; je
l'ai épousée, je me suis engagé dans sa
troupe ; aujourd'hui nous voilà can-
tonnés par arrondissement théâtral,
et la ville où je suis né se trouve pré-
cisément dans le ressort de notre directeur. Ne pouvant me décider à
monter sur le théâtre devant mes com-
patriotes, j'ai obtenu, non sans peine,
de permuter avec un camarade ; mais
ma femme est la première actrice de
la troupe, je ne puis l'emmener avec
moi. Nous voilà séparés pour le reste
de son engagement. J'ai donc abandonné mon père, mon frère, un état

honorable, pour une femme que j'aime, et que je suis forcé de quitter.

Je vous plains sincèrement, dis-je au comédien, lorsqu'il eut achevé son récit. — Oui sans doute, reprit-il, je suis à plaindre ; ma femme est jeune et jolie ; son engagement a dix mois à courir encore, et je vous avoue que l'inquiétude vient se joindre aux tourmens de l'absence, quand je songe aux mœurs du théâtre ; car je n'ai pas du tout la philosophie de mes confrères. Un comédien jaloux, poursuivit-il, vous semble un paradoxe ; mais rappelez-vous que c'est l'amour qui m'a fait comédien.

Nous continuâmes à nous entretenir ainsi jusqu'à la ville voisine, où se rendait mon compagnon de voyage. Il était tard quand nous y arrivâmes. — Où soupez-vous ? me demanda-t-il. — Ma foi, lui répondis-je, je n'en

sais rien. Je ne connois point la ville :
c'est la première fois que j'y passe.
— Venez donc avec moi, reprit-il, je
vais vous conduire au Coq-Hardi. C'est
l'auberge des comédiens ; on y fait
bonne chère à des prix raisonnables.
J'acceptai la proposition : nous nous
acheminàmes vers une petite place,
en face de la Comédie. En passant près
d'une maison d'assez belle apparence,
mon guide poussa un profond soupir ;
je crus même voir une larme s'échapper de ses yeux. J'allais lui en demander la cause, lorsqu'en levant la tête,
j'aperçus des panonceaux aux fenê-
tres. Je m'abstins de toute question.

Nous entrons au Coq-Hardi. La
pièce d'introduction, qui servait à la
fois de cuisine et de salle à manger
pour le vulgaire des voyageurs, était
alors vivement éclairée par la flamme
d'un grand feu, devant lequel tour-

2. 4

naient trois broches bien garnies. Les
comédiens, groupés autour de l'àtre,
contemplaient ce spectacle en parties
intéressées, tandis que l'hôte, sa femme
et un garçon de cuisine gouvernaient
les fourneaux.

Au bruit que nous fîmes en entrant,
un des comédiens tourna la tête : le
voilà, s'écria-t-il, en reconnaissant
mon compagnon, c'est lui, c'est Floricourt! A ces mots chacun l'embrasse,
on m'embrasse aussi dans le tumulte
de la joie ; et j'avais reçu l'accolade de
la compagnie tout entière , avant
qu'on eût demandé qui j'étais. Messieurs , leur dit Floricourt , je vous
présente un auteur dramatique. Ces
mots furent suivis d'un salut général ;
après quoi, le directeur m'adressant
la parole : Monsieur voudra bien nous
faire l'honneur de souper avec nous ,
dit-il ; et, sur ma réponse affirma-

tive, il s'écria d'un ton de théâtre :
Oh là ! maître Gandrille, vingt-deux
couverts, et qu'on nous serve promp-
tement. — Chef ! chef ! s'écria l'hôte,
alerte. — Encore un coup de feu, et
vous êtes servis.—Messieurs, voulez-
vous bien passer dans la salle. — Sa-
vez-vous, maître Gandrille, que vous
traitez aujourd'hui le grand Agamem-
non, Achille et la veuve du Malabar?
dit le plaisant de la troupe. — Messieurs, c'est beaucoup d'honneur pour
moi. — Distinguez-vous, ajoute le directeur, demain l'Honnête Criminel
de Fenouillot de Falbaire... Je ne
m'explique pas ; mais il y a deux bil-
lets pour monsieur et madame Gandrille, si le vin et la chère soutiennent
l'honneur du Coq-Hardi. — Vous me
jugerez, Messieurs, répondit l'hôte,
et dans l'instant on servit le souper.

Après le silence du premier ap-

petit, la conversation s'engagea. —
Avez-vous toujours la petite Ray-
monde? demanda le directeur à Floricourt. — Toujours ; mais elle est
malade dans ce moment-ci. — Qu'a-
t-elle donc? — C'est une révolution :
au carnaval dernier, elle a été forcée
de jouer Nicole dans le Bourgeois-Gen-
tilhomme, trois jours après la mort
de son petit dernier. Elle s'est trouvée
mal à la fin de la pièce, et n'est pas
encore rétablie. C'est une cruauté de
notre profession : il faut rire quand
on a la mort dans le cœur. — Et Victoire, demande un autre comédien,
ses succès sont-ils soutenus? — Bon!
nous ne l'avons plus : elle a pris parti
dans la bande noire. — Comment
donc, que voulez-vous dire? — Je
veux dire qu'elle est partie en poste
avec un démolisseur de châteaux.—Fi
donc! ces gens-là ne sont pas géné-

reux, reprit une comédienne. — Non, mais ils sont riches. Fiez-vous à Victoire : avant trois mois la commère aura mangé le plomb de cinq ou six manoirs. — Ce bon mot fut le signal de la joie : on porta les santés des deux troupes ; on se donna de l'encensoir ; on médit des absens ; c'était à qui dirait plus de folies. Placé auprès d'une jolie brune, qui jouait les ingénues, Floricourt se versait à boire, et devenoit si galant, qu'avant la fin du souper, je fus rassuré pour lui, contre les tourmens de l'absence.

Au milieu de la joie du festin, la femme de l'hôte entra tout à coup dans la salle d'un air fort intrigué. Messieurs, dit-elle aux comédiens, je viens vous présenter une supplique. —Parlez, madame Gandrille, parlez : les dames ont tout à attendre de nous. — Voici ce dont il s'agit : M. Bazin, célèbre prédicateur, vient d'arriver par la voiture du soir : il doit partir demain matin, et il n'a pas soupé. — Comment donc, s'écrie le crispin de la troupe ! un prédicateur se coucher à jeun ! nous ne le souffrirons certainement pas. Allons, Messieurs, place à M. Bazin. — Voyons M. Bazin, s'écrièrent les convives ! Madame Gandrille était bien sûre que M. l'abbé ne voudrait pas souper avec des comédiens ; mais, en femme prudente, elle se garda de dire sa pensée. — Sans vous déranger, reprit-elle, permettez-moi seulement d'enlever cette poularde.. — Enlever la poularde, s'écrie le père noble , en saisissant le plat ! achève, et prends ma vie !— Ah, Messieurs, je vous en conjure, pour l'honneur de ma maison , qu'on ne dise pas qu'un voyageur se couche sans souper au Coq-Hardi. —

La poularde ! la poularde ! répète le
comédien. — Allons, allons, Lazolière, dit le directeur, venge-toi sur
la dinde, et laisse la poularde à M. Bazin ; il faut bien que tout le monde
vive. D'ailleurs, un prédicateur, c'est
un artiste. — Oh ! c'est un habile
homme, dit madame Gandrille, en
tirant doucement le plat : il a prêché
le carême dans la ville, il y a deux ans,
à la satisfaction générale. — En faveur du carême, emportez la poularde,
s'écrie le crispin. — Allez dire à celui
qui vous envoie, ajoute le directeur :

Qu'il est quelques vertus au fond de la Syrie,

et qu'il doit sa poularde à des excom-
muniés. Madame Gandrille ne se le
fait pas dire deux fois : elle disparaît
avec la volaille. Lazolière, en soupirant, se verse un rouge bord, afin de

s'étourdir contre une si cruelle sépara-
tion. Les bons mots et les bouteilles se
succèdent jusqu'à près de minuit, heure
à laquelle chacun fut se coucher.

Vingt-un comédiens, l'abbé Bazin
et votre serviteur font, de bon compte,
vingt-trois personnes à coucher au
Coq-Hardi : il fallait la bonne tête de
madame Gandrille pour arranger tout
cela. On dédoubla les lits ; on fit ressource de tout ; enfin, on vint à bout
de nous donner une petite chambre
pour nous deux : je veux dire pour
l'abbé Bazin et pour moi.

J'avais beaucoup marché. Je dormis d'un profond sommeil ; mais vers
cinq heures du matin, je fus éveillé
par les gémissemens de mon camarade de chambre. — Qu'avez - vous
donc, Monsieur ? lui dis-je. Ah, ré-
pond-il, je souffre le martyre : j'ai la
plus violente colique... — Voulez-vous

que j'appelle ? —Mon cher Monsieur,
je vous serai très-obligé. J'appelle
l'hôte ; il éveille sa femme. On fait
du feu, on chauffe des serviettes, on
prépare du thé. M. Bazin n'est point
soulagé. Tandis que, par son ordre,
on court chercher le médecin, le conducteur de la diligence entre tout botté
dans la chambre, et dit qu'on va partir. — Partir dans l'état où je suis !
répond languissamment M. Bazin,
c'est impossible. Hé bien, lui dis-je,
si vous permettez, je vais prendre
votre place. Je suis las, je serai bien
aise de voyager aujourd'hui par la voiture publique. Notre marché se con-
clut aussitôt ; je paie maître Gandrille,
et je monte à la place du prédicateur.

4..

CHAPITRE XVIII.

Le Sermon.

J'eus tort, j'eus dix fois tort, *meá, meá culpá.*
Sᴀᴍᴜᴇʟ. Voltaire aux Enfers.

Nous étions six dans la voiture ;
savoir : un marchand de moutons, ou
à peu près, qui dormait dans un des
coins ; un jeune homme de province,
qui avait vu Paris, et *beaucoup retenu ;*
un gentilhomme de campagne, qui
voyageait toujours en poste, parlait
de sa chaise, et nous demandait pardon d'avoir pris la voiture publique.
Ces trois personnages occupaient les
places du fond. Sur le devant, j'avais
à mes côtés un bavard, ami du conducteur, qui connaissait la route, pour
l'avoir faite vingt fois, et qui nous faisait les honneurs de tous les bourgs, vil-

lages et châteaux qu'on découvrait par
les portières ; et une dévote, qui m'ap-
pela monsieur l'abbé, tout le long du
chemin, sans doute parce que j'étais
en noir. Je ne pris pas la peine de la
détromper ; et, grâce à cette habile
physionomiste, je fus monsieur l'abbé
pour tous les voyageurs.

Il ne tient qu'à moi, maintenant,
d'arranger une conversation de voiture publique. Les personnages sont
connus, les caractères indiqués ; je
suis auteur comique ; mais, avant tout,
je suis historien fidèle, et ce qui se dit
pendant la route ne vaut pas la peine
d'être raconté. Gagnons donc du
terrain.

La voiture arrête pour changer de
chevaux, au milieu d'un bourg assez
considérable, à l'hôtel des diligences.
Nous entrons dans la salle des voyageurs : chacun commande son déjeuné.

J'allais en faire autant, lorsque le bedeau de la paroisse, en manteau rouge, et le sceptre à la main, vient m'annoncer, d'un ton respectueux, que monsieur le curé m'attend pour déjeuner. — M. le curé est trop honnête, je ne puis en conscience..... — Pardonnez-moi, Monsieur, j'ai ordre de vous amener. Le chocolat est prêt. Ces Messieurs vous attendent, impatiens de voir un si grand prédicateur, et si je revenais seul, je serais en faute. — Allons donc, puisqu'il en est ainsi, je ne veux pas vous faire réprimander. J'ai trois mots à dire au conducteur, et je vous suis. Or, ces trois mots, c'était : Partez sans moi. — J'ai ordre d'apporter le paquet de monsieur l'abbé, me dit le bedeau. — Je vous remercie, lui répondis-je ; comme je ne passe qu'un jour ici, je suis venu sans bagage. Et me voilà, suivant mon

guide au presbytère. Le curé demeurait à l'extrémité du bourg, assez loin
de l'hôtel des diligences. Chemin faisant, le côté comique, sous lequel
j'avais saisi d'abord l'aventure, dis-
parut insensiblement à mes yeux, pour
faire place à des réflexions sérieuses.
Quel personnage vas-tu jouer? me
dis-je. Est-ce au neveu de l'abbé Samuel à marcher sur les traces de Gus-
man d'Alfarache? J'ai cédé trop vite
à la folle idée qui m'est venue en tête.
Et si, par hasard, quelqu'un des convives connaît l'abbé Bazin!..... J'en
étais là de mon soliloque, au moment
où je fus introduit chez le pasteur. Il
y avait bonne compagnie : trois ou
quatre curés des villages voisins, deux
marguilliers, et la nièce qui faisait les
honneurs de la maison. Je fus reçu
avec de grandes démonstrations de
politesse. J'étais confus de tous les

petits soins dont on m'accablait. Vingt
fois je fus sur le point de faire cesser
la méprise ; mais plus je différais, plus
l'aveu devenait difficile, plus je sentais
que j'aurais trop à rougir d'avoir
poussé les choses si loin. Il me fallut
déjeuner, dîner... que dis-je ? monter
en chaire ! Oui, lecteur, prêcher, im-
proviser un sermon, moi indigne, à
la face d'Israël.

Je ne sais quel effet produisit mon
discours sur l'auditoire. Le clergé pré-
tendit que j'avais été trop sobre de
figures, et trop avare de textes sacrés.
Il y avait pour cela de bonnes raisons
que je ne pouvais pas dire. Au reste,
le lecteur prononcera sur mon éloquence. Voici le sermon du laïque :

Sur l'Emploi du temps.

Notre bonheur consiste à vivre selon
la nature et la vertu.

SAINT-PIERRE (Bernardin de).

Mes chers Frères,

Je suis bien aise de vous voir, et je
vous félicite d'être venus au sermon.
Vous n'aurez point, je l'espère, à re-
gretter le temps que vous passerez à
m'entendre ; car je serai court, et,
pendant que je vous tiens, je tâcherai
de vous dire le plus de bonnes choses
possible.

Quand vous ne feriez, en venant au
sermon, que passer une demi-heure,
sans boire, mentir, quereller, mé-
dire, etc. etc., vous auriez toujours
gagné quelque chose ; car, dans ce
monde, l'absence du mal est déjà un
grand bien. Mais si vous y venez dans
l'intention d'apprendre vos devoirs,

et de retenir quelque bonne maxime
de conduite, pour en faire usage dans
l'occasion, voilà déjà un pas de fait
vers le bonheur ou la vertu, car c'est
la même chose. Je sais bien, mes
frères, que parmi vous il peut s'en
trouver quelqu'un qui dorme au sermon, et cela n'est pas poli pour le
prédicateur. Mais qu'importe ? le sommeil est innocent et involontaire. Ah!
si tous les méchans pouvaient toujours
dormir, il n'y aurait plus besoin de
prédicateur. Celui qui dort est-il
homme de bien ? qu'il dorme ; il en
sait autant qu'il en faut, et n'a que
faire de mon discours. Si c'est un
pécheur, qu'il dorme encore : le sommeil du pervers laisse reposer les
bons. Quand je dis bons, entendons-
nous : que personne ici ne prenne
d'orgueil ; car tous tant que nous
sommes, nous ne valons pas grand-

chose. Les meilleurs vont dans le chemin de la vertu cahin caha, qui
moins, qui plus vite, mais toujours
en trébuchant; et, certes, ce serait
grande besogne que de compter les
pas perdus. N'allez pas conclure pourtant, mes frères, de ce que je viens de
vous dire, que vous ferez bien de dormir tous. Que ceux-là se reposent, qui
ont beaucoup travaillé; il n'y a de bon
sommeil que pour eux. Si les autres
pourtant suivaient leur exemple, ce
serait ma faute, et non la leur. Con-
tinuons. Je sais encore, mes amis,
qu'il peut se rencontrer, dans mon
auditoire, quelqu'un de ces esprits
contrarians, qui, loin de profiter de
mes conseils, s'amuse à me réfuter,
et me critique tout bas, à mesure que
je parle. Eh bien! mes frères, tant
pis pour lui. Cela n'est pas charitable.
Mais ne vaut-il pas mieux qu'il s'at-

taque à mon sermon qu'à son voisin.
Ah! plût à Dieu que toute la malice
humaine pût se rassasier à mes dépens! Qu'avec joie je verrais mon sermon déchiré, s'il pouvait détourner
sur lui seul tout ce qu'il y a de bile et
d'esprit satirique dans le monde!

Si je ne voulais que votre bonheur
éternel, mes chers frères, je sais d'a-
vance que plusieurs d'entre vous me
tourneraient le dos, et diraient, mé-
créans et francs vauriens qu'ils sont:
L'éternité viendra quand elle pourra;
allons boire, et versez frais en ce
monde, qui sait ce qu'on boira dans
l'autre? Mais, je vous le répète, c'est
de votre bonheur temporel que je veux
vous entretenir. C'est dans ce monde
que je veux vous rendre plus contens
et meilleurs. Suivez mes conseils, vous
vous en trouverez mieux dès demain,
dès ce soir. Vous le savez, chacun

vend son baume comme il peut; je vous donne le mien gratis : il doit m'être permis d'en dire un peu de bien. Tant de gens vantent le leur, qui le font payer si cher..... Ah! mes frères, il est tard, et je n'ai pas encore abordé mon sujet. Hâtons-nous donc de vous donner, sur l'emploi du temps, quelques bonnes recettes, qui soient courtes, claires, et surtout faciles à pratiquer. Après quoi, chacun de vous, réfléchissant sur le texte, composera, pour son usage, un petit sermon quotidien, qui vaudra mieux que tout ce que je pourrais vous dire; car il sera conforme à son humeur, à son intelligence et à sa complexion.

Voici donc mes secrets :

Le matin, demandez-vous : Que ferai-je? et quand le goût, l'inclination, le caprice, la passion, l'humeur, auront fait chacun leur réponse, je

vous demande dix minutes pour la
conscience. Il est juste qu'elle parle à
son tour. Elle n'est point prolixe, et
ce peu de temps lui suffira; car elle
n'emploie ni détours, ni périphrase :
elle est simple et concise, comme la
Vérité sa fille. Quand elle aura parlé,
suivez son avis, oubliez les autres, et
puis allez votre chemin.

Le long du jour, cherchez, en toute
chose un but, un plaisir, un souvenir
doux. Fuyez l'ennuyeux, l'inutile, et
ce qui laisse ou regrets ou remords.
Certes, ce ne sont là rigoureuses
maximes.

Le soir, enfin, demandez - vous :
Qu'ai-je fait? Quand l'amour-propre,
l'orgueil, la fausse honte, ou tout
autre mauvais truchement aura fourni
sa réponse, un quart d'heure d'audience, mes frères, pour le conseiller
du matin. La conscience sait trier le

bon et le mauvais. Gardez le bon grain ; rejetez l'ivraie ; deux mots à Dieu du fond du cœur, et..... bonne nuit.

Vous n'aurez pas usé quelque temps de ces trois recettes, que vous vous en porterez beaucoup mieux. A la question du matin, vous finirez par ne plus entendre d'autre réponse que celle de la conscience. Le long du jour, vous aurez bonne chance ; la vie vous intéressera ; et le soir, après l'examen, vous en viendrez à dire souvent : Oh ! le bon aujourd'hui !

Il me resterait, mes bons frères, à vous montrer, par des exemples, l'application de ces trois préceptes. Ce serait la matière de trois beaux et longs points ; mais je vous ai promis un sermon sur l'emploi du temps, je ne veux pas davantage abuser du vôtre.

En disant ces mots, je quittai la

chaire ; le serpent se fit entendre, le plain-chant couronna ma péroraison, et acheva, je me plais à le croire, de convertir mes auditeurs.

Je me gardai bien, comme on se l'imagine, de coucher au presbytère. L'abbé Bazin pouvait arriver, et dans la scène des deux Sosie, le rôle brillant n'eût pas été pour moi. Je saisis donc un prétexte pour quitter la compagnie ; et, prenant la grande route, je mis, entre le bourg et moi, le plus d'espace qu'il me fut possible.

CHAPITRE XIX.

Retour à Paris.

Reine des nuits, l'amant devant toi vient rêver,
Le sage réfléchir, le savant observer ;
Il tarde au voyageur, dans une nuit obscure,
Que ton pâle flambeau se lève et le rassure :
Le ciel d'où tu me luis est le sacré vallon,
Et je sens que Diane est la sœur d'Apollon.

LEMIERRE. Les Fastes.

ME voilà donc sur le grand chemin, aussi content d'avoir escamoté un sermon, que si j'eusse fait une bonne œuvre, et converti toute la paroisse. Je marchais à grands pas, occupant ma pensée des charmes de la vie errante. L'air était pur ; le soleil se couchait. Je contemplais les magiques effets de lumière qui précèdent le crépuscule ; je respirais le parfum des bois et des prairies ; mon âme parti-

cipait au calme de la nature. La nuit
me surprit : j'en fus enchanté. Une
belle nuit du mois d'août ne pouvait
effrayer un poëte voyageur. La lune
se leva bientôt : le goût aventureux fit
place à la rêverie. Je pensais en rimes
élégiaques ; je croyais entendre une
harmonie lointaine, qui dirigeait mes
chants, et donnait le rhythme à mes
vers. Oh ! qu'il y a d'inspiration, d'a-
mour et de poésie dans un beau clair
de lune !

— Alte là ! camarade, s'écria le brigadier ; et je vis, en tournant la tête,
deux gendarmes à cheval qui mar-
chaient vers moi. La fuite était impossible : je m'arrêtai donc, non sans
peur, car le sermon pesait sur ma
conscience, et je voyais déjà M. le
missionnaire entre quatre murailles.
— Qui es-tu, et que fais-tu là ? — Messieurs, je suis poëte, pour vous ser-

vir, et je m'amuse à faire des chansons
au clair de lune. — Ce n'est pas là ce
que nous cherchons, dit le gendarme en
m'examinant ; Monsieur n'a pas l'air
d'un conscrit. — Bonsoir, Monsieur,
chantez tout à votre aise, reprit le brigadier ; mais point **de** vers de contre-
bande. A ces paroles je me sentis renaître : c'était un passeport que me
donnait le brigadier. Il ne m'eût pas
arrêté pour tout au monde : son bon
mot était ma sauve-garde.

Les gendarmes partis, je continuai
ma route ; mais je voulus en vain con-
tinuer mes vers. La timide gazelle,
que le bruit du cor a chassée du bocage,
n'y revient de long-temps, et court
au loin chercher une retraite plus sûre.
Ainsi les Muses de la nuit, promptes
à s'effrayer, quittent la terre, et, d'un
vol rapide, vont retrouver les ombrages
du Pinde.

Il pouvait être une heure après minuit, lorsqu'une vive lumière, que j'aperçus devant moi, me fit découvrir un village. Je pressai le pas, afin d'y chercher un gîte. Qu'on juge de ma surprise, lorsqu'à la lueur d'une forge, je reconnus la voiture que j'avais prise la veille. Le charron et le maréchal travaillaient à réparer les roues, tandis que le conducteur, un bras en écharpe, éclairait de l'autre les ouvriers et pressait le travail. — Ah! c'est vous, monsieur l'abbé, me dit-il; vous l'avez échappé belle, comme vous voyez. On dirait, ma foi, que vous sentiez cela. — Avez-vous quelqu'un de grièvement blessé? lui demandai-je. — Personne dangereusement; mais, à l'exception du gros marchand de bœufs, qui n'a pas eu une égratignure, nous sommes tous plus ou moins maléficiés. — Ma place est-elle encore libre? — Oui,

Monsieur, jusqu'à Paris, où, j'espère, nous serons ce soir. Comme il achevait de me répondre, le maréchal donnait ce dernier coup de marteau, qui signifie si bien par tous pays : *v'là c'que c'est.* — Allons ! Messieurs, en route, crie le conducteur, tout en payant les ouvriers. A sa voix les voyageurs sortent du cabaret voisin, les chevaux sont attelés ; chacun se place, le marchand de bœufs a repris son coin, le cocher jure, et nous partons.

Divin Homère ! ô toi qui dis si bien
La place et le nom des blessures,
Si ton génie inspirait mes peintures,
J'aurais beau jeu pour peindre les foulures,
Contusions, bosses et meurtrissures
Des voyageurs ; mais je n'en ferai rien.

Je dirai seulement, avec le gentilhomme de campagne, qu'il est cruel, quand on voyage toujours en poste dans sa chaise, de verser en diligence,

5.

et de se faire une bosse à la tête , tandis qu'un marchand de bœufs..... La Providence , en vérité , ne connaît guère son monde , et ne fait plus acception de personne.

CHAPITRE XX.

Café des Poëtes.

La nature féconde en bizarres portraits,
Dans chaque âme est marquée à de différens traits.
BOILEAU.

A peine fus-je débarqué dans la capitale, qu'en passant devant les affiches de spectacles, je sentis renaître toute ma mélancolie. Pauvre Samuel ! quand liras-tu sur les murs, écrit en grosses lettres : *Aujourd'hui la première représentation de l'Intrigant, comédie en cinq actes et en vers.* Pour chercher à ce vœu quelque lueur d'espérance, je fus voir M. Largillière. — Eh bien ! lui dis-je, où en sommes-nous ? — Hélas ! rien de nouveau, répondit-il ; pourtant, voyez M. Jérôme, il a dû déjeuner hier avec quelqu'un

du comité. — Voyons M. Jérôme, dit
tout bas la crédule déesse, en jetant
l'ancre une seconde fois. Je prends
congé de M. Largillière, je vole chez
M. Jérôme..... Il était parti le matin
pour la campagne !

Que faire ? que devenir ? à quel saint
me vouer ? Si l'on excepte les peines
de l'amour, dont l'heureux privilége
est de charmer la rêverie et d'enchan-
ter la solitude, tous les chagrins s'ai-
grissent par la réflexion. Convaincu
donc qu'il n'est si triste compagnie
pour un homme affligé, que la compagnie de lui-même, je me rendis au
café ***, où j'étais sûr de trouver nombre d'enfans de la misère, nourrissons
des Muses ainsi que moi.

Ce café, ou plutôt ce cabaret à
bière, est le rendez-vous des auteurs
nécessiteux. Je me garderai bien de
le désigner aux profanes, car son

obscurité fait son mérite, et les pai-
sibles habitués redoutent, par-dessus
tout, les visiteurs indiscrets. J'y vais
souvent : on m'y considère déjà comme
un ancien de la double colline. Là,
nous causons de vers, de comédie,
nous gourmandons le sot public, et
nous vengeons les grands hommes des
mauvais dîners qu'ils doivent à l'in-
gratitude des contemporains. Chez
monsieur le duc, je n'avais connu que
les auteurs à la mode, favoris de la
fortune autant que de Minerve. Le
café ***, que je nommerai, si l'on veut,
le café des poëtes, me montra, comme
on dit, le revers de la médaille. Bienveillant lecteur, encore quelques portraits. Tu me suivras peut-être une
autre fois au café des poëtes ; il est
bon que tu connaisses ton monde.

Le doyen de nos habitués est un
poëte dramatique, dont les succès re-

montent si loin, que les comédiens ne s'en souviennent plus. Sa vie est un état de guerre permanente avec l'aréopage comique ; ce qui ne l'empêche pas d'être fidèle à l'orchestre des Français. On l'y voit tous les soirs, à la même place, appuyé sur sa canne, il se dépite, il gémit, il soupire : — « Ah Préville ! ah Molé ! ah Le Kain ! s'écrie-t-il au milieu des bravo ; applaudis donc, parterre ! montre ton ignorance, et prouve que tu n'as rien vu ! » Ce contempteur du théâtre moderne a fait une comédie satirique contre les acteurs, et, de la meilleure foi du monde, il s'indigne qu'on ne veuille pas la jouer. Plein de verve et d'esprit, malgré son grand âge, il compose des satires et des épigrammes. J'en ai retenu une, qu'il fit en 1793, et qui peint l'homme tout entier. La voici :

O France ! ô ma patrie ! ô terre malheureuse !
    Qui croira ce comble d'horreur ?
O démence, anarchie, licence monstrueuse !
    Les comédiens jugent seuls les auteurs.

Celui qui, par rang d'âge, vient après le doyen, est un savant en *us*, qui passe sa vie dans les bibliothèques publiques, avec les Grecs et les Romains. Il ne se montre le soir au café des poëtes, que pour ne pas oublier tout-à-fait les hommes de ce monde. C'est un vrai puits d'érudition ; il connaît Athènes et Rome, mieux que le quartier qu'il habite. Auteur d'un livre contre le célibat, pour faire honneur à ses principes, il vient d'épouser sa servante.

Le père Sauvecourt est encore des nôtres. C'est la vieille Muse d'une jeune dame qui, moyennant une petite rente, s'est fait dans le monde

5..

une réputation de bel esprit. Deux compilateurs, un mathématicien qui fait des vers latins, un dramaturge, Sisteron, l'auteur inconnu du poëme d'Aglaure, et quelques autres habitués, tous gens de vers ou de prose, tels sont les desservans de ce temple des Muses.

Ce jour, la réunion était nombreuse. Nous causions autour du poële, sur la rigueur des temps et l'indifférence du siècle pour les ouvrages de l'esprit, lorsqu'un jeune grammairien entre tout courroucé, une gazette à la main. — C'est une femme, Messieurs, le troi-rez-vous ? c'est une femme qui déchire impitoyablement mon traité des participes ; et cela, dans un article qui contient dix sollécismes pour le moins. Ne ferait-elle pas mieux cent fois de tricoter, que de parler syntaxe ? Si les femmes se mêlent de juger les auteurs, tout

est perdu : la presse n'est pas tenable.
A cette maxime du grammairien irrité,
les avis se partagent ; les savans se ran-
gent du côté de l'offensé ; les poëtes
défendent le beau sexe.—«Messieurs,
s'écrie un des assistans, adorons toujours, n'accusons jamais la plus belle
moitié du genre humain. » Je voyais
pour la première fois celui qui s'expri-
mait ainsi : c'était un homme d'assez
belle taille, fort pâle, fort maigre,
peu de cheveux, de grands sourcils,
des yeux encore vifs, quand il parlait,
les gestes et la voix du drame ; en tout
l'air d'un personnage de roman, dont
Rétif de la Bretonne et d'Arnaud Ba-
culard auraient chacun fait la moitié.

« Pour moi, Messieurs, nous dit-il,
je dois tous mes succès au beau sexe. »
A ce début, je ne pus m'empêcher de
laisser tomber mes regards sur son
costume, qui n'annonçait rien moins

qu'un enfant gâté de la fortune et des belles. En vain son linge fin et parfumé, ses manchettes et la pierre de couleur qui brillait à son doigt, indiquaient un homme recherché de sa personne ; la coupe antique de son habit chamois, dont le drap montrait la corde, son chapeau râpé, ses brodequins à mi-jambes, sur un bas de soie gris, tout en lui trahissait la misère. — « A Dieu ne plaise, poursuivit l'orateur, que je récuse jamais les femmes en matière de goût. — Vous seriez trop ingrat, mon cher Dorilas, s'écria le doyen en me poussant le coude. On sait de vos nouvelles, et les dames, en vous, ne chérissent pas moins le poëte, que l'homme aimable. — Il n'est pas dans mes principes de compromettre les femmes, reprend M. Dorilas ; vous tenteriez en vain ma vanité : mais enfin, sans nommer personne, tout Paris

connaît l'épître aux cheveux de Zulmis. Eh bien! c'est à l'amour que j'en
dus la pensée. J'étais clerc au Palais;
ma réputation comme poëte ne s'é-
tendait pas au-delà de la basoche, lorsqu'un jour, à la foire Saint-Germain...
Du punch, garçon! du punch! m'é-
criai-je. Messieurs, permettez - moi
d'être l'Amphitryon. Le punch arrive,
le cercle se forme, *intentique ora te-
nebant* (1), dit le savant. — Un jour à
la foire Saint-Germain..... — « J'aperçus la céleste... disons Zulmis, femme
d'un procureur au parlement. Je connaissais la dame qui l'accompagnait :
j'offre mon bras; on accepte, et dès
cet instant l'amour s'empare de mon
cœur. Plus de repos pour moi, plus
de sommeil; ardente, impétueuse,
mon imagination enfante cent projets.

_____

(1) Virgile. (*Énéide.*)

Je m'en tiens à celui-ci : je cherche, je m'intrigue, je m'évertue, je découvre enfin le coiffeur de ma belle ; je corromps cette âme vénale, j'obtiens, au poids de l'or, une mèche de cheveux blonds, je la place devant mes yeux, je saisis mon luth : épître aux cheveux de Zulmis.

Dans tes cheveux, Zulmis, l'Amour cacha ses traits.

etc. etc. etc. La pièce fait fureur, tout Paris veut l'avoir, et la chevelure de Bérénice pâlit devant la boucle de Zulmis. Voilà, Messieurs, de quelle manière l'amour me lança dans la république des lettres. — Et Zulmis ? demanda le doyen. — Parlons de vers, Messieurs, parlons de vers. C'est encore une femme qui m'a fait chausser le brodequin. — Contez-nous, contez-nous. — Je soupirais pour une blonde adorable, la femme d'un fourreur, femme lettrée, Messieurs, qui se connaissait en poésie bien mieux encore qu'en renard bleu. Un soir qu'au milieu d'une société nombreuse, trompant l'œil des jaloux, je l'entretenais de ma flamme, à l'aide d'un silence éloquent, il lui échappe de dire qu'un amant couronné des palmes du théâtre devait être bien dangereux. Ces mots vont jusqu'à mon cœur, ma lyre frémit d'impatience ; l'amour et les Muses m'inspirent à la fois, et la France bientôt compte un nouvel enfant de Thalie. Ivre de joie, je cours chez la belle fourreuse, je lui lis mon drame ; elle pleure : on me joue. Le mari me fait siffler, mais l'ouvrage reste ; on le lit, on l'admire ; les femmes surtout, les femmes en sont folles, et le trempent tous les jours encore des pleurs du sentiment.—Récusez les dames, Messieurs, récusez les dames après cela ! — Ma foi, dit le chantre d'Aglaure, j'aime mieux les femmes pour juges de la poésie, que les bonnets à poil et les moustaches. — Oh! oh! reprend Sauvecourt, votre poëme aurait-il reçu quelque coups de sabre? — Non, Dieu merci; mais je songe à la conversation que j'eus hier avec La Sourdière, ce jeune poëte qui venait ici l'an dernier, — et qui nous gagnait toujours aux dominos? — Lui-même. Je le rencontre au Palais-Royal, armé jusqu'aux dents, et faisant retentir les galeries du bruit de son grand sabre. En croirai-je mes yeux? m'écriai-je; quelle métamorphose! — Que veux-tu, mon ami? les Muses sont brouillées avec la fortune. J'aime toujours la gloire, mais pourvu que le luxe et l'abondance lui tiennent compagnie. En un mot je suis mondain; j'ai donc choisi le parti le plus sûr. — Quoi! de poëte te voilà soldat?

Oh! que non ; l'uniforme n'est pour moi qu'un porte-respect. Apprends que je suis aujourd'hui l'Ossian du dieu Mars, ou, pour parler sans métaphore, homme de lettres suivant l'armée. — Et, s'il vous plaît, qu'a besoin l'armée d'un homme de lettres? — Comment donc! et les proclamations! et les bulletins! J'avoue que le genre est monotone : toujours des batailles gagnées et des villes prises ; mais depuis que j'écris sous les drapeaux français, je n'ai pas le temps de m'ennuyer. J'ai vu du pays, je te jure. Allons! *pékin*, viens vider un bol de punch avec moi. — Soit, lui répondis-je ; aussi bien il faut qu'une bonne fois je soulage mon cœur; nous causerons de gloire militaire. Nous entrons au café de l'Europe, nous montons à l'entresol ; là, je lui tins à peu près ce langage :

« Aujourd'hui que la victoire suit
partout nos armes, aujourd'hui que
les aigles françaises ont visité toutes
les capitales de l'Europe, on peut avec
honneur combattre la folie guerrière.
Si des revers... (que les dieux détour-
nent ce présage !) devaient un jour
attrister nos guerriers, respectant leur
douleur, honorant leurs blessures, je
ne verrais plus que la valeur malheureuse ; j'oublierais tout, excepté leurs
exploits. Mais permets-moi de te dire
que vos conquêtes et votre esprit guer-
rier sont le fléau des lettres, et nous
repoussent vers la barbarie. La révolution française avait fait disparaître
la distinction de noble et de roturier ;
prenez-y garde, vous y substituez celle
de militaire et de *pékin ;* de *pékin* à
serf il n'y a pas bien loin, du train
dont vous allez. — Diable ! le *pékin* t'a
blessé ; tu l'as encore sur le cœur. —

Tu n'en crois rien, lui dis-je ; tu sais bien qu'entre nous ce n'est qu'une plaisanterie, car nous sommes tous deux gens de plume. Mais n'es-tu pas toi-même une preuve du malheur des temps ? un poëte endosser le harnois! Si cela continue, l'Institut va monter à cheval. — Ma foi! mon cher, je ne me plains pas de la guerre ; vive la victoire et mon dithyrambe! J'ai mis en vers le 18e bulletin, et je viens de toucher mille écus sur le domaine extraordinaire. — Mille écus, Messieurs, mille écus pour un bulletin! quand mon poëme d'Aglaure... — Sisteron, à vous le dernier verre de punch, lui dis-je. Le poëte accepte, et le bol étant vide, la séance est levée. »

CHAPITRE XXI.

La Prison.

O liberté ! si j'étais roi de France,
J'élèverais un temple en ton honneur :
Tous mes sujets te devraient le bonheur,
Et j'obtiendrais de la reconnaissance,
L'amour, le respect, la puissance,
Que ne donne pas la terreur.

> SAMUEL. *Epître à la Liberté.*

DEPUIS que je vivais sur mon capital, j'avais fait plusieurs visites à l'orfèvre. Les dépouilles opimes conquises par le journaliste, abandonnaient insensiblement l'auteur dramatique. Je me souvins que dans les romans anglais, quand l'héroïne est de loisir, elle tire sa bourse et s'amuse à compter ses espèces. Je suivis cet utile exemple, et, tout compte fait, je trouvai qu'il était temps d'aller voir le brave La Caille, et son ami M. Sauval.

Je me rends donc à la police. —
Vous arrivez à temps, me dit La Caille,
car je quitte l'hôtel dans trois jours.
— Quoi! lui dis-je, seriez-vous en
disgrâce? — Au contraire; mais je suis
las de servir: le ministre m'a fait garde-
magasin. — Bravo, mon cher La
Caille! — Et vous, M. d'Harcourt,
comment gouvernez-vous le métier de
journaliste? — Hélas! lui répondis-je,
vous parlez là de l'histoire ancienne.
Alors je lui racontai comment le poëte
aux trois actions m'avait expulsé du
journal. J'ai de nouveau recours à
votre crédit, lui dis-je, et je viens vous
prier de me conduire chez votre ami
M. Sauval. La chose est inutile, interrompit La Caille; Sauval n'est plus à
la police; nous en avons fait un magistrat. C'est un grand-vicaire qui le
remplace; je ne puis plus rien de ce
côté. Si vous étiez venu me voir il y a

six mois..... Attendez cependant.....
Oui... nous avons encore une corde à
notre arc : je verrai Du Bertrand. —
Qu'est-ce que Du Bertrand ? — C'est
un homme de mon pays, qui, de garçon de bureau, s'est glissé doucement
au poste de chef de division. Il est
vain, enflé de sa fortune ; mais il
ignore que j'en connais l'histoire : il
n'est pas impossible qu'il me serve.
Venez demain matin ; je lui parlerai
cette après-dînée : c'est le bon moment
pour le trouver traitable. Je fus, comme
on pense, exact au rendez-vous. —
« Eh bien ! votre crédit ? — Hélas !
M. d'Harcourt, mauvaise nouvelle ! et
ce qui me désole, je crains de m'y être
mal pris, d'avoir gâté votre affaire
par trop de zèle. — Et comment cela ?
— Le voici : je vais trouver le patron
comme il sortait de table ; c'est son
meilleur moment. Après avoir préparé

mon homme, en flattant son orgueil,
je lui parle de vous, je vante votre
mérite : il m'écoute avec attention.
— A-t-il une belle main? demanda-
t-il. — Fort belle, répondis-je; mais
c'est là son moindre talent : il compose
des ouvrages d'esprit; même il est
poëte. Un poëte! s'écrie Du Bertrand,
en faisant la grimace, un poëte dans
mes bureaux! croyez-vous donc que
l'administration ne soit qu'un jeu? Ah!
vraiment, il nous faut des hommes
d'une autre étoffe! Un poëte! six cents
livres de rente et un grenier! Après
cette exclamation, il se leva, et je me
vis congédier par une marche de bureau que je connaissais trop bien pour
ne pas battre en retraite. »

Comme il ne faut pas mesurer la
reconnaissance au succès, je remerciai
La Caille de sa bonne volonté. Je lui
souhaitai tout le bonheur possible dans

sa nouvelle carrière, et je revins tris-
tement chez moi, louant Dieu sur toute
chose, car enfin j'étais poëte, M. Du
Bertrand n'était qu'un sot : je n'eusse
pas voulu changer de rôle.

Quelque but que l'on se propose,
le jour où l'on échoue paraît d'une
longueur mortelle. J'ai, dans ce cas,
pour habitude de me coucher de bonne
heure, et de lire un de ces livres comme
on en trouve tant, qui sont d'infail-
libles avant-coureurs de Morphée.

Déjà j'ouvrais *la Législation primi-*
tive, quand M. Le Franc entre tout à
coup dans ma chambre, et s'écrie :
bonne nouvelle ! M. d'Harcourt, bonne
nouvelle ! dans un mois on vous joue.
— Que dites-vous, mon cher ami,
M. Jérôme ? quelle fortune inespérée !
— Voici les faits : le jour de la lecture
chez M. Largillière, quelqu'un vous a
volé ; on a mis votre pièce en prose,

et Feydeau l'a reçue comme opéra-
comique. Instruits de l'aventure, les
Comédiens Français se sont piqués
d'honneur, et vont hâter la représentation, pour être les premiers en date.
— C'est donc à mon plagiaire que je
dois d'être joué! Ma reconnaissance
est grande, et je lui pardonne à ce
titre. — Les rôles sont déjà sus; dans
huit jours, première répétition. —
Ah! mon cher M. Jérôme, que cette
bonne nouvelle arrive à propos! voyez
à quelles tristes idées j'étais en proie,
quand vous êtes venu. M. Jérôme re-
garda le titre du volume que j'avais à
la main, et sourit. Je lui contai mon
revers auprès de M. Du Bertrand; il en
rit avec moi: j'étais de l'humeur la plus
gaie. Nous causâmes ensemble jusqu'à
minuit. Dès qu'il m'eut quitté, je m'en-
dormis dans les bras de l'Espérance,
et je rêvai qu'on demandait l'auteur.

Jaloux vieillard, que les ailes sont pesantes! Un mois d'attente! Ah! que ne pouvais-je le franchir, comme je le franchis dans ce récit de ma vie!

L'amant qui va connaître enfin ce qu'il doit espérer ou craindre, le cœur agité, l'esprit inquiet, vole sur les ailes du désir vers l'objet de ses adorations; tel, et non moins ému, l'auteur d'une pièce nouvelle, tremblant et respirant à peine, court au théâtre apprendre son arrêt. Lecteur qui m'as tenu jusqu'ici fidèle compagnie, si le pauvre Samuel a su t'inspirer quelque intérêt, ce n'est pas au moment critique d'une première représentation, que tu voudrais l'abandonner..... Ah! calme ton impatience, et puisses-tu ne jamais entrer dans la loge qu'on me réservait!

Palpitant de crainte et d'espoir, j'arrive à la porte des acteurs. Dieux des enfers! à peine ai-je touché le seuil

de la Comédie, que je me sens saisir
sous les bras par deux agens de police, qui me jettent dans une voiture,
et m'entraînent loin de Paris. — Messieurs, leur dis-je, vous m'arrachez le
cœur. Je suis votre prisonnier, je ne
vous échapperai pas ; retournons au
théâtre, je vous en conjure : j'ai une
loge, nous serons seuls. Voyons la
pièce nouvelle ; je suis prêt à vous
suivre ensuite au bout du monde. Mes
deux acolytes gardent le silence. Je re-
double mes supplications. Sans doute
je devins pathétique, car un des sbires
dit à son collègue : Maurice, peut-on
lui apprendre?... — Je n'y vois point
d'inconvénient ; nos ordres ne s'y op-
posent pas. Sachez, Monsieur, qu'un
instant avant de vous arrêter, nous
avons été chargés de mettre sur l'affiche une bande portant : *relâche par
indisposition.* — Ah! malheureux! me

6.

dis-je, on arrête à la fois le père et l'enfant! Mais rien dans ma pièce n'a pu blesser l'autorité. La censure ne m'a fait changer ni supprimer un seul vers. Tandis que, repassant mes écrits et ma vie, je m'épuise en vaines conjectures, la voiture s'arrête, un pont-levis s'abaisse ; nous entrons, le pont se relève, et me crie ce vers du Dante :

Lasciate ogni speranza voi ch' intrate.

En descendant de voiture, je fus remis au concierge par les deux agens de police, qui se firent donner quittance de ma personne. Un porte-clef, muni d'une lanterne, marche devant nous. Je traverse de vastes cours, j'arrive au pied d'un donjon ; le concierge frappe, la porte s'ouvre, nous montons une centaine de marches, nous traversons plusieurs corridors : —

Voilà votre chambre, me dit le concierge, en ouvrant une petite pièce
assez propre, dans laquelle se trouvaient un lit, deux chaises et une table.
Le porte-clef allume une lampe ; mes
deux gardes se retirent, et j'entends
en dehors un verrou se fermer sur
moi.

Qui n'a jamais perdu sa liberté, qui
n'a jamais suivi de l'œil la porte qu'on
referme, et compté les tours de clef
dans le silence du désespoir, n'aura
qu'une imparfaite idée de ma triste
situation. Pour ceux de mes lecteurs
qui connaissent par expérience la première nuit d'un prisonnier, je n'ai rien
à leur dire, je suis sûr de leur sympathie.

Le lendemain matin, le garçon qui
m'apporta mon déjeuner me dit qu'à
midi, je pourrais monter sur la plate-
forme du donjon, et m'y promener

jusqu'à trois heures. Il ajouta que si
j'avais des emplettes à faire, ou des
commissions à lui donner, il s'en ac-
quitterait fidèlement. — Si vous pouvez, lui dis-je, me procurer de quoi
écrire, et vous charger de faire tenir
ma lettre, je serai bientôt en état
d'employer et de reconnaître vos services. — Vous allez avoir ce qu'il vous
faut; mais soyez prudent, car je vous
préviens que votre lettre sera lue avant
de sortir du château. — Je vous remercie, lui répondis-je : rassurez-vous,
j'aurais bien de la peine à me compromettre, puisque j'ignore pourquoi
je suis ici.

Au bout d'un quart-d'heure, le porte-
clef m'apporta des plumes, de l'encre
et du papier. J'écrivis à mon ami Jérôme. Je lui racontai ma triste aventure ; je le chargeai de vendre tous
mes meubles, à l'exception de quelques

livres, que je le priai de m'envoyer.
Je terminai ma lettre en protestant de
mon innocence.

A midi ma porte fut ouverte, et je
montai sur le préau. Si je fus un objet
de curiosité pour mes compagnons
d'infortune, je ne les examinai pas
avec moins d'attention. L'un d'eux
surtout s'attira mes regards ; j'étais sûr
de le connaître, sans pouvoir démêler
mes souvenirs. Tandis que je cherchais où j'avais pu le voir, — Je ne
me trompe point, s'écria-t-il, c'est
M. d'Harcourt. Au son de voix, j'ai
reconnu Salvador, cet écrivain politique dont M. le duc de *** faisait tant
de cas, et qu'il plaçait à sa droite dans
ses dîners du mercredi. Nous nous
embrassâmes : la captivité rend les démonstrations vives. Nous commençons
le manége autour de la plate-forme,
causant comme d'anciens amis, et re-

grettant nos jours de liberté. — Faut-
il donc, lui dis-je, que l'injustice de
tous les régimes vous choisisse pour
victime? — Mes principes et mes écrits
sont d'un républicain ; comme tels, ils
devaient déplaire : mais j'étais loin de
m'attendre aux inductions qu'on en
tire. Vous partagerez ma surprise,
quand vous saurez que je suis accusé
d'intelligences secrètes avec le comte
de Lille, et d'intrigues avec l'Angle-
terre, tendantes à rétablir l'ancienne
dynastie. — C'est sans doute pour
cela qu'on vous a logé dans une
maison royale. — Mais vous, M. d'Harcourt, qui vous envoie ici ? — Hélas!
je l'ignore, je n'ai sur la conscience
qu'une comédie, dans laquelle il n'entre
pas la moindre allusion contre le chef
du gouvernement. — Allons! encore
une méprise du pouvoir absolu! O justice! quand daigneras-tu visiter notre

malheureuse planète ! Mais enfin, puisqu'un destin contraire vous prive de
la liberté, permettez-moi de vous
offrir et de vous demander un ami. —
Vous me prévenez, lui dis-je, votre
caractère et vos talens..... Ne parlons
point de cela, M. d'Harcourt : le malheur ! voilà le meilleur ciment des ami-
tiés humaines. Si vous voulez, nous tra-
vaillerons ensemble. Nous allons faire
la plus virulente brochure qu'aient
jamais inspirée les murs d'une prison,
et la colère de la vertu. — Vous trouverez en moi, répondis-je, un trop
faible second : j'ai fait des romans, des
vers, des comédies, voilà toute ma
Minerve. Les Muses et la politique,
l'imagination et l'histoire, ne vont
guère de compagnie. Comment, d'ailleurs, trouver quelques inspirations
dans ce triste séjour ? — Vous vous y
ferez, mon cher Samuel ; il y a deux

6..

ans que je l'habite, et je le trouve aussi
agréable que peut l'être une prison.
L'air y est pur, la vue très-étendue ;
en tout, je suis mieux ici qu'à la Bastille. Honneur à ceux qui l'ont dé-
truite ! les gens de lettres y gagnent.
Heureux, M. d'Harcourt, heureux le
peuple dont les institutions s'amélio-
rent ! Pour moi, dussé-je ici finir ma
vie, la liberté n'en sera pas moins
l'objet de mon culte, le sujet de mes
écrits, et ma consolation dans les fers.
— Tout charmant que soit ce séjour,
lui répondis-je, convenez que l'idée
n'est pas heureuse, de placer une prison d'Etat, près des lieux où saint
Louis rendait la justice au pied d'un
chêne. — Eh ! mon cher Samuel, reprit Salvador, l'arbitraire peut-il être
bien placé quelque part? Nous en étions
là de la conversation, quand on vint
m'avertir de descendre pour subir un

interrogatoire. Je pris congé de Salvador : l'espérance précipitait mes pas.
Puisqu'on m'interroge, me dis-je, on
veut donc me rendre justice : mon
innocence va paraître dans tout son
jour ; la liberté me sera rendue. Hélas !
toutes ces illusions disparurent devant
mon interrogateur. Je vis d'abord un
homme patelin et mielleux, qui semblait me dire : Enchanté de vous voir.
Il était mis avec recherche, parfumé,
et portait des gants blancs. Il me fit
des questions captieuses, d'un air doux
et caressant. Ses yeux, en m'interro-
geant, se fermaient à moitié, comme
ceux d'un chat que l'on caresse ; et,
par intervalle, je voyais sortir des
griffes, qui se cachaient incontinent.
Son sourire avait une expression de
perfidie, d'égoïsme et de cruauté tout
ensemble. On voyait qu'il trouvait du
plaisir au contraste de ses mœurs si-

barites, avec les cachots qu'il visitait
par état. J'eus beau le conjurer de me
nommer mon crime, je ne pus obtenir
de lui qu'il me fît connaître le motif
précis de mon arrestation. En revan-
che, il m'apprit qu'il aimait la poésie,
qu'il rendait justice à mes talens, mais
que la satire était dangereuse. A l'entendre, un aveu sincère était le meilleur parti pour moi. Que puis-je avouer,
lui disais-je, puisque j'ignore ce dont
on m'accuse? — Vous ne voulez convenir de rien, dit-il; adieu donc : et
il me quitta.

Quelque bon cœur que la nature
vous ait départi, chers lecteurs, vous
devez vous réjouir de mes infortunes.
En effet, si j'avais été un poëte à la
mode, si mes vers m'eussent valu la
considération, la richesse, les honneurs académiques, ma vie sans doute
eût été plus heureuse ; mais mon his-

toire vous eût ennuyés. Dans la bio-
graphie des individus, comme dans
l'histoire des peuples, l'intérêt est toujours en raison inverse du bonheur.
Le poëte Samuel, caressé par la fortune, au lieu d'être en butte à ses caprices, n'aurait eu que des succès à raconter. Il vous dirait comment il fut
présenté chez un grand personnage ;
comment il reçut une belle boîte ;
comment il fut admis au fauteuil. Il
vous ferait part du beau discours qu'il
prononça, de la réponse du président,
des éloges qu'il reçut d'un prince, des
vers qu'il fit pour une princesse, des
pensions qui lui furent accordées. Peut-
être, pour varier, citerait-il quelques
épigrammes de ses envieux ; mais vous
n'auriez que les mauvaises, et sa modestie vous ferait grâce des bonnes,
sans vous épargner les réponses et les
apologies.

Mais revenons à Vincennes. — Eh bien! comment s'est passé l'interrogatoire? me demanda Salvador, en m'abordant le lendemain sur le préau. — Mal, lui répondis-je; croiriez-vous que je ne sais pas plus aujourd'hui qu'hier, pourquoi j'habite ce donjon? Le ciel préserve l'innocence d'avoir affaire à M. Fillerin. Que dites-vous là, bon Dieu! c'est Fillerin qui vous interrogeait? Oh! je connais le personnage : c'est un magistrat qui recule devant la vérité, toutes les fois qu'elle ne lui promet pas un coupable; ce qui lui a sauvé jusqu'ici le chagrin de trouver un innocent : c'est un orateur qui folâtre autour de l'échafaud, qui sème de fleurs de rhétorique des conclusions à mort, et envoie un homme au supplice, du ton dont il débiterait un madrigal.

Tandis que nous causions ainsi tous

deux, nous vîmes les prisonniers se
former en cercle autour de la plate-
forme. — Que veut dire ceci? demandai-je à Salvador. — Je m'en doute,
répondit-il en souriant; mais appro-
chons; cela nous intéresse comme les
autres. Nous allons, en effet, agran-
dir le cercle. Alors un prélat italien
prit la parole : — « Messieurs, dit-il,
un traître est parmi nous ; je le connais, je le vois au moment où je parle.
Je pense que, découvert une fois, il n'a
plus rien à faire ici : je l'invite donc à se
retirer sur-le-champ. » Un profond silence succède à ces paroles, et personne
ne bouge de sa place. — C'en est trop,
s'écrie un officier de cavalerie ; je connais aussi le misérable. Puisqu'il ne veut
pas s'exécuter lui-même, il n'est qu'un
moyen de s'en débarrasser, c'est de le
faire sauter du haut en bas de la plate-
forme, et je me charge de cette bonne

œuvre. Le major l'aurait fait comme il le disait ; mais le faux prisonnier, qui connaissait son homme, n'attendit pas l'épreuve, et s'enfuit à toutes jambes.

Chacun fit compliment au major de son éloquence persuasive. La conversation devint générale et même gaie, en dépit du lieu, tant on se trouvait aise de pouvoir causer sans contrainte.

Pendant plus de deux ans que je fus à Vincennes, cet événement fut la seule diversion à la monotone existence des prisonniers. Hélas! tous les jours d'une prison sont pareils! les mêmes heures ramènent les mêmes actions. Insurmontables comme les grilles et les murs, les pensées semblent tenir au sol. L'ennui, le dégoût, la tristesse résident au fond de l'âme, et tracent autour d'elle un horizon de fer. O Charmoise! ô jeunesse! ô

jours d'amour et de liberté! qu'êtes-
vous devenus? Rians vallons, prés
fleuris, bois touffus, courses rêveuses,
repas champêtres, vos souvenirs em-
poisonnent encore la coupe amère de
la captivité!

CHAPITRE XXII.

L'Oraison funèbre.

Multis ille bonis flebilis occidit ;
Nulli flebilior quàm mihi.

HORACE.

Pauvres auteurs! vous pleurez sur sa cendre !
Nul plus que moi n'a de pleurs à répandre.

SAMUEL. *Imitation.*

QUINZE jours après mon entrée à
Vincennes, M. Lefranc m'envoya
3ooo fr. en or, dernier résidu de ma
petite fortune, mes manuscrits, espoir de ma gloire future, et mes
livres, fidèles amis du malheur. Parmi ces derniers, je fus surpris de voir
un traité des Consolations de Boëce,
qui n'avoit jamais fait partie de ma
bibliothèque. Le nom de Jérôme,
écrit au crayon sur la première page,
me fit soupçonner quelque mystère :

j'ouvris le volume, et lus ces mots sur une des marges : *Vous êtes accusé d'une satire sanglante contre le gouvernement. Deux vers de votre comédie, insérés dans une épigramme contre Forlis, ont excité sa haine. Le trait part de lui. Nous n'aurons de repos, Largillière et moi, que nous ne vous fassions rendre justice.*

Qu'un ami véritable est une douce chose (1) !

Ce rayon d'espérance éclaircit un peu les sombres vapeurs auxquelles j'étais en proie. Je repris courage. La conversation de Salvador, la lecture, quelques poésies fugitives remplissaient mes longues journées. Le sujet de mes vers était mélancolique, mon style languissant et sans couleur. L'oiseau chante si mal en cage ! hé-

(1) La Fontaine, liv. VIII, f. xi.

las ! je n'étais plus le poëte de Charmoise.

Cependant Largillière et Jérôme
réclamèrent en vain le crédit de leurs
amis. Au seul nom de Vincennes, le
zèle était glacé. Pour eux, infatiga-
bles, ils rédigeaient mémoire sur mémoire, pétition sur pétition ; mais
leurs démarches, leurs efforts com-
binés furent sans résultat. Une autre
coalition devait m'ouvrir les portes.
Vincennes fut bloqué : je devins libre,
et, je l'avoue sans honte, je n'eus,
pour mes libérateurs, pas la moindre
reconnaissance.

Le premier usage que je fis de ma
liberté, fut d'aller voir mes amis Largillière et Jérôme. Ils me reçurent à
bras ouverts. Nous causâmes ensemble
du parti que j'avais à prendre. M. Lefranc nous dit qu'il était chargé de
chercher un précepteur pour les en-

fans d'un homme riche. Prompt à
saisir le beau côté des choses, j'acceptai ce poste avec joie.

Montaigne et Jean-Jacques m'inspirent; j'arrange un plan d'éducation.
Mes élèves sont charmans, remplis
de dispositions heureuses; j'en fais
des hommes distingués, qui seront un
jour pour moi des amis et de puis-
sans protecteurs.

Picrochole, Pyrrhus, la laitière, enfin tous (1).

Je ne me souviens plus du bachelier
de Salamanque, et je me lance dans
le préceptorat.

D'abord je crus avoir trouvé tout
ce que j'espérais ; la table, le loge-
ment, cent louis, deux jolis enfans
fort éveillés : que pouvais-je désirer
de plus ? un père raisonnable. Mais

---

(1) La Fontaine, livre VII, f. x.

par malheur, je trouvai dans le père
de mes élèves un homme à système,
d'un caractère si bizarre, qu'au bout
de six mois, je fus contraint de quitter
la place. Il semblait qu'il m'eût pris
chez lui, moins pour instruire ses
enfans que pour me faire admirer les
leçons qu'il leur donnait en ma pré-
sence : et quelles leçons, grand Dieu !
de la métaphysique, des raisonne-
mens à perte de vue, que moi-même
j'avais souvent peine à suivre. J'avais
beau traduire en langue vulgaire les
sublimes obscurités qu'il leur débitait, les pauvres enfans n'y compre-
naient rien. Dans les momens de ré-
création, je tentai, à l'insu du père,
de leur enseigner les humanités.
Comme ils avaient beaucoup d'intelligence, ils ne répondirent que trop
bien à mes leçons. Le père, un beau
jour, s'aperçut que ses enfans appre-

naient des noms et des verbes ; il dé-
cida que j'étais un pédant vulgaire,
et me donna mon congé.

Ce premier écueil ne me décou-
ragea pas. Je priai mes amis de me
chercher une autre éducation. Le poëte
Derville, que je voyais chez M. Largillière, trouva pour moi ce qu'il nommait un canonicat. A vrai dire, ce
poste me laissait beaucoup de liberté.
Mon élève était un petit bonhomme
de huit ans, qui demeurait avec sa
mère dans une jolie maison meublée
avec recherche. J'allais deux fois le
jour lui donner des leçons, et je recevais pour cela 200 fr. par mois. Du
reste, j'étais maître absolu d'enseigner
à mon élève ce que bon me semblait.
La maman s'occupait davantage de sa
toilette que de nos études. Elle était
seulement prodigue de livres et de
joujoux. On peut se faire une idée du

luxe qui régnait dans la maison, quand je dirai que nos cahiers d'écriture et de thèmes étaient en vélin doré sur tranche.

Bien qu'enfant gâté, mon élève était doué d'un caractère si doux, il avait si bon cœur et de telles dispositions, qu'il faisait de rapides progrès. Je m'attachais à lui tous les jours davantage ; en un mot, je n'avais du préceptorat que les roses ; mais hélas ! ces roses-là ne devaient durer qu'un printemps. En effet, un matin, comme j'allais reprendre nos études, après un congé de trois jours, je trouvai la maison envahie par la foule : un commissaire-priseur faisait vendre les meubles. O douleur ! au moment où j'entrais, on adjugeait nos dictionnaires.

J'eus bientôt le mot de ce triste dénouement. M. Derville ne fit plus le mystérieux : que voulez-vous, dit-il, le prince russe retourne en Russie.

Après avoir quelque temps encore essayé, sans succès, du métier de précepteur, je crus trouver plus de stabilité dans la carrière de l'instruction publique. J'allai donc offrir mes services de collége en collége ; mais je ne pus trouver une seule place de professeur. Enfin j'appris qu'il manquait un maître de classe, chez un ancien jésuite, maître de pension au Marais ; je m'y rendis. Je trouvai un grand homme de bonne mine, le teint frais, la démarche aisée, l'œil pénétrant, une expression de ruse et d'autorité sur toute la physionomie. Il m'interrogea sur mes études, parut assez content, et me fit connaître quelles étaient ses conditions. Puis tout à coup, comme par un scrupule subit, il me dit, en me regardant en face, avec une extrême attention : Avez-vous

lu Pascal ? — Non, répondis-je har-
diment. Je n'avais, en effet, lu que
les Provinciales ; je n'avais donc pas
lu tout Pascal, et je disais vrai, selon
la doctrine des fils de Loyola. — Tant
mieux, répliqua le patron, voilà qui
est arrêté ; je vous accorde la place ,
et vous pouvez vous installer dès ce
jour.

Le maître de classe , en terme de
collége, chien de cour, est d'ordinaire
le plastron des écoliers. Je ne l'ignorais pas ; mais je me promettais de
créer une exception en ma faveur.
Avec de la patience et du temps j'en
vins à bout. Je commençai par mettre
les rieurs de mon côté, en persiflant
les premiers qui voulurent divertir
leurs camarades à mes dépens. Poëte
comique et vétéran journaliste, j'a-
vais, comme on dit, bec et ongles ,
et des plaisans de collége ne m'épou-

vantaient guère : bientôt les plus es-
pièglcs eux-mêmes recherchèrent mon
amitié. Je prêtais de bons livres aux
travailleurs, je donnais à tous des
conseils utiles dont ils se trouvaient
bien dans leurs compositions. Je leur
appris des choses qu'on ignore souvent au collége, par exemple :

Que les cahiers de bonnes expressions sont des sottises; que les tournures recherchées ne valent pas le naturel; qu'on ne fait pas de meilleurs
vers latins avec un *Gradus ad Par-
nassum*, que de bons vers français
avec un dictionnaire de rimes ; que
l'amplification est un défaut; que les
thèmes de collége, même les corrigés
de monsieur le professeur, sont la plupart des compilations de mots et de
tournures hétérogènes, des mosaïques
ridicules où tous les styles, tous les
tons, toutes les époques du langage

sont confondus ; qu'un thème latin ressemble à un morceau de prose française, où l'on trouverait des moitiés,
des tiers, des quarts de phrases pris
indistinctement dans Montaigne et
Fénélon, Rabelais et Bossuet, Amyot
et Voltaire, Scarron et Montesquieu ;
qu'on ne faisait de thèmes que pour
apprendre à faire des versions, mais
qu'on écrivait toujours mal en latin.

Je leur dis qu'ils profiteraient plus,
en faisant l'analyse d'un bon ouvrage,
sous le rapport de l'invention, de la
disposition et du style, qu'en délayant
en dix pages une ou deux idées communes.

Je leur démontrai que les figures
de rhétorique sont dans la nature, que
le langage familier en fourmille, et
que c'est là qu'elles sont surtout bien
placées, parce qu'elles sont dictées
par le mouvement de l'âme, au lieu

que dans les amplifications de collége,
elles sont dictées par le professeur
qui dit à l'écolier : là vous serez ému.

Je leur conseillai de ne rien admirer sur parole, et leur appris qu'il
est un instinct naturel pour goûter les
belles choses, comme il est une conscience pour discerner les bonnes actions. En un mot, je fis si bien, qu'en
peu de temps les écoliers me chéri-
rent, les professeurs me détestèrent,
et le principal me donna mon congé,
m'assurant qu'il ne voulait point chez
lui de Janséniste en littérature. J'es-
sayai de lui répondre ; mais, d'un ton
de voix qui sentait bien l'habitude du
commandement : Monsieur, poursuivit-il, vous ne pouvez rester dans
cette maison ; les écoliers vous aiment
trop. Un maître est comme un roi, il
faut qu'on le craigne. A ce vigoureux ar-
gument, je me retirai, me contentant,

pour unique vengeance, de rappeler au principal cet exemple de la grammaire latine : *odiuntur quem metuunt* (1).

En sortant de chez l'ex-jésuite, je louai un cabinet chez mon ancien hôte de la rue Saint-Jacques : je redevins pensionnaire de M. Serdeau. Je passais les matinées à chercher un emploi ; le soir, je faisais des vers, pour me consoler du peu de succès de mes démarches. J'étais bien le plus maladroit de tous les solliciteurs : les gens de lettres sont, en général, si paresseux pour ce qui n'est pas travail de cabinet ! L'activité est chez eux dans la tête : tel passe huit à dix heures par jour devant son bureau, qui remet sans cesse une visite, une démarche importante. Il n'y a guère à cela d'exception ; car je n'appelle pas gens de lettres ces

_____

(1) On hait celui que l'on craint.

écumeurs de porte-feuilles, ces cour-
tiers compilateurs, qui ne voient dans
la littérature qu'un cabotage. Oh! ces
gens-là sont actifs; ils font commerce
de manuscrits, presque sans mise de
fonds; ils savent exploiter la misère,
et fureter le mérite sous les toits.
Quant à moi, je l'avoue, j'aime mieux
courir dix fois chez l'imprimeur, pour
vérifier des épreuves, ou porter de la
copie, que d'aller une fois seulement
montrer dans les antichambres ma
figure dépaysée. Mais il est des momens où la nécessité fait violence à la
paresse. Un jour je rencontrai chez
M. Largillière l'ami Barin. — Eh
bien! M. d'Harcourt, dit-il, comment
gouvernez-vous les Muses? — Mal, lui
répondis-je, et je lui racontai mon
séjour à Vincennes. — Et votre comédie, quand la verrons-nous ? — Hélas! je n'en sais rien; les comédiens

prétendent que le sujet est écrêmé par la pièce de Feydeau ; les rôles sont oubliés ; deux de mes acteurs ont quitté le théâtre ; la représentation a bien l'air d'être renvoyée aux calendes grecques. — Et que faites-vous en attendant? — Je cherche un emploi qui me fasse vivre ? — J'ai votre affaire : venez demain me prendre à mon en-tresol, place Vendôme, et je vous menerai chez un grand seigneur qui protège les gens de lettres, et qui m'a chargé de lui trouver un sujet. Je re-merciai l'ami Barin. Je fus, en effet, présenté par lui chez un personnage qui nous reçut en peignoir, dans son cabinet de toilette. Tout en se faisant friser, il dit à M. Barin qu'il me pre-nait sur sa parole, et qu'il m'allait mettre à l'épreuve sans différer. — Mon ami, poursuivit-il, en m'adres-sant la parole, asseyez-vous là ; il me

montrait une petite table à quelque
distance de sa toilette. Lisez cette brochure : il s'agit d'avilir l'auteur, de le
peindre comme un démagogue forcené, ennemi de toute organisation
sociale, comme un homme couvert
de crimes. La tâche est délicate; on
n'a rien de positif à lui reprocher ;
mais vous emploierez les réticences.
Vous demanderez ce qu'il faisait en
1793. Vous insinuerez que peut-être
le nom de Salvador n'est pas son véritable nom : vous parlerez vague
ment de condamnations infamantes ;
mais n'affirmez rien ; laissez tirer des
conjectures. Faites une digression sur
cette espèce particulière de gens de
bien, qui ne quittent pas les châteaux
forts... Non, vous mettrez prisons,
le mot est plus vague ; enfin, c'est un
homme à traîner dans la boue. Ma
patience était à une trop rude épreuve,

pour écouter plus long-temps. Monsieur, m'écriai-je, on ne traîne dans la boue que ceux qui s'y plongent ; et de ce nombre sont les calomniateurs. Salvador est un homme intègre : heureux qui lui ressemble ! car les écrivains courageux sont les bienfaiteurs du genre humain.

Cela dit, maître loup s'enfuit, et court encor (1).

Indigné de ce que je venais d'entendre, las des comédiens, de la pédagogie et des faux protecteurs : O Cramoisi ! m'écriai-je, dans un accès de mélancolie et de tendresse ; homme simple et bienveillant, père nourricier des bergers de Syracuse ! je veux desservir ta boutique. Oui, je mangerai de ton pain ; je me voue à la complainte : eh ! qui mieux que le

(1) La Fontaine, liv. I, f. v.

pauvre Samuel saura tirer des accens lamentables du luth déchirant de la douleur?

Vains projets, trompeuse espérance! Hélas! cette ressource devoit m'être ravie! Je vole à l'image de Saint Jacques..... quel spectacle, bon Dieu! la boutique fermée, la porte tendue en noir, quatre cierges..... je ne saurais poursuivre....

L'œil humide et la main tremblante, je payai aux mânes de cet excellent homme mon tribut d'eau bénite et de prières; et, sans trop savoir où j'allais, j'entrai machinalement au café des poëtes. J'y trouvai plusieurs des nôtres, à qui j'appris la triste nouvelle. La plupart connaissaient M. Cramoisi, et lui avaient des obligations. Ce fut alors un concert de louanges et de regrets. — Mes amis, leur dis-je, ne bornons pas à de stériles paroles

ce que nous devons à la mémoire de
l'homme juste. Honorons son convoi :
la reconnaissance nous en fait un devoir. La motion passe à l'unanimité :
on se lève, on déserte les tables ; et,
dans un religieux silence, nous nous
acheminons vers la rue de la Harpe.
Arrivés à l'image de Saint-Jacques,
nous complimentâmes la famille, dont
la douleur sincère rendait hommage
aux qualités du défunt. Nous suivîmes
à pied le convoi, et M*** le dramaturge prononça sur la tombe cette
oraison funèbre :

« Pleurez, tristes enfans de la lyre,
votre ami Cramoisi n'est plus. Il n'est
plus celui qui apprit aux échos à re-
dire vos chansons. Loin de s'enrichir
du fruit de vos veilles, il partageait
avec vous le repas frugal des Muses.
Simple, poli, bienveillant, il ne ju-
geait pas les auteurs, il les faisait as-

seoir; il achetait leurs manuscrits, que dis-je? il les payait! il n'indiquait pas des corrections aux poëtes, il épousait leurs vers, il les chantait d'un air content. Hélas! bon Cramoisi, nous n'entendrons plus ta voix : l'éternité tout entière pèse déjà sur son cercueil. Bon Cramoisi! ta boutique est fermée, et les Muses timides n'ont plus d'asile. A cette idée mon cœur se serre, ma voix expire..... Je borne là ton éloge funèbre ; mais quand la douleur me permettra de reprendre la lyre, je vote une élégie à tes cendres.»

CHAPITRE XXIII.

Conclusion.

Inveni portum ; spes et fortuna valete,
Sat me lusistis; ludite nunc alios.

Un matin, comme j'entrais dans un cabinet de lecture, pour lire les journaux, j'aperçus Salvador qui prenait des notes sur *le Moniteur*. Nous fîmes une reconnaissance dans les formes, et nous sortîmes ensemble pour nous entretenir en liberté. Je lui racontai mon histoire, depuis notre sortie de Vincennes, la proposition qu'on m'avait faite d'écrire contre lui, et la manière dont je l'avais reçue. — Il faut que je vous place, mon cher d'Harcourt, me dit Salvador, après m'avoir écouté jusqu'au bout. — Qu'entends-je ! m'écriai-je : est-ce bien Sal-

vador qui me parle de la sorte? Salvador, l'effroi de la puissance, peut-il
avoir le moindre crédit? — Oh! reprit Salvador, en souriant, mon crédit
est d'une singulière espèce. J'ai né-
gligé d'en user jusqu'ici ; j'en veux
faire pour vous l'épreuve : venez,
dans trois jours, me trouver à l'hôtel
de Bretagne, et vous en verrez les
effets.

Je quittai Salvador, sans trop compter sur une promesse que je regardais
comme une plaisanterie. Cependant
je fus le trouver à l'hôtel de Bretagne,
le jour qu'il m'avait indiqué. — Vous
êtes nommé professeur de rhétorique
dans une ville du Midi, me dit-il, et
voilà votre nomination. Je ne pouvais revenir de ma surprise. — Votre
étonnement n'a rien que d'honorable
pour moi, poursuivit-il ; vous ne pouvez croire que je sois devenu cham-

pion du ministère, et vous avez raison. Apprenez donc le mot de l'é-
nigme : j'ai sous presse une brochure
virulente contre les puissances du jour.
Parmi ceux que j'attaque avec le plus
de force , il en est un très-sensible aux
blessures ; je lui envoie une épreuve,
l'avertissant que s'il veut me rendre
service , je m'engage à supprimer son
chapitre. Il me craint, mais il m'es-
time et compte sur ma parole; il m'in-
dique une audience. — Que vous faut-
il ? parlez ; je serais trop heureux de
rattacher à la chose publique un si re-
doutable adversaire. — Rien pour
moi, répondis-je : il s'agit de placer
un homme de lettres de mes amis dans
l'Université. — Mais je ne puis rien
là : voulez-vous quelque chose dans
les droits réunis, dans l'octroi ?.....
Attendez, j'ai dans les charrois.....
aux Invalides.... au Journal de Paris.

— Je vous parle d'un homme de lettres et d'un de mes amis ; il lui faut
un poste indépendant : l'instruction
publique seule.... — Attendez... j'en-
trevois... oui !.. depuis long-temps on
me persécute pour donner un entrepôt au frère de la cousine.... C'est
cela, j'arrange notre affaire : revenez
demain. Je fus exact. — Votre ami est
nommé professeur de rhétorique : cela
me coûte cher, au moins un entrepôt
de 6000 fr. pour une place de cent
louis ! Enfin la chose est faite : ah çà,
je compte sur vous ; point de chapitre
six ! Voilà, mon cher d'Harcourt,
comment, après avoir servi la chose
publique par mes écrits, je sers aujourd'hui l'amitié par mon silence.

Je remerciai, j'embrassai Salvador,
et je partis pour mon département.
Pendant onze mois, mon sort fut digne
d'envie. J'aimais la jeunesse ; j'avais

la meilleure classe! O mon cher oncle! je débutais par où vous désiriez finir! Mais ce bonheur ne devait pas durer. Deux révolutions se succédèrent. Je tins ferme au 20 mars, je succombai au 8 juillet. Je fus dénoncé par mon successeur. On m'accusait :

1°. D'avoir choisi l'éloge de Léonidas pour sujet de composition, à l'instant même où tout *être bien pensant* devait accueillir avec joie les bienfaits d'une seconde invasion.

2°. D'avoir si bien *comprimé l'élan*, qu'aucun rhétoricien n'avait pris part aux *farandoles* pour l'entrée des Anglais.

3°. Enfin, d'avoir gardé, comme poëte, un silence coupable sur l'*heureuse* journée de Waterloo.

Il n'en fallait pas tant à cette époque pour être exilé ; mais on se contenta de m'ôter ma chaire. J'appris, dans les bureaux de la sous-préfecture, que je devais cet excès d'indulgence à la protection d'une grande dame, qui tenait un rang distingué dans *la société secrète* du département.

Je voulus connaître et remercier cette protectrice inconnue, dont le crédit ou les charmes avaient désarmé l'acerbe justice de M. le prevôt. Je me rendis en conséquence au chef-lieu du département, après avoir pris congé de mes élèves. Chers enfans! ils mêlèrent à nos adieux des larmes séditieuses, dont mon cœur garde le souvenir.

La dame qui m'avait prêté son égide, se nommait la vicomtesse de ***, même orthographe que M. le duc de ***, dont j'avais été secrétaire. Je ne lui connaissais pas de parente de son nom; mais un bienfait et ce nom-là s'alliaient si naturellement, que j'espérais trouver dans ma protectrice une dame de la famille.

La première personne m'indiqua la maison de madame la vicomtesse. Je frappe : qu'on juge de ma surprise! c'est la femme de chambre de Victoire qui vient m'ouvrir la porte. — C'est toi, Jeannette! m'écriai-je ; tu as donc quitté ta maîtresse?— Non, Monsieur, au contraire, je lui suis plus dévouée que jamais. — Comment, madame la vicomtesse de ***!.. — n'est autre que mademoiselle Victoire, ma maîtresse. Lasse des financiers, du théâtre et des comédiens, nous nous sommes jetée dans la légitimité; nous sommes aujourd'hui dame de paroisse, soutenant le trône et l'autel. — C'est donc à Victoire que je dois ma liberté? Conduis-moi, Jeannette, je brûle de lui témoigner toute ma gratitude. — Oh! n'allons pas si vite, M. Samuel. D'abord

madame est sortie ; ensuite vous êtes
consigné. Madame vous a servi près
des autorités, à la bonne heure ; mais
elle ne saurait vous recevoir, sans se
compromettre. Peut-être aussi que sa
qualité s'arrangerait mal de vos souvenirs. Quoi qu'il en soit, vous ne la
verrez point. — Si telle est sa volonté,
je me retire : adieu, Jeannette, charge-
toi de mes remercîmens.

Je serais, en effet, parti sans voir
Victoire, si je ne l'eusse rencontrée
qui sortait de l'église, où elle venait
d'assister à la première communion
d'un régiment. Comme elle était dans
la voiture de M. le grand prevôt, je fis
semblant de ne pas l'avoir vue. Pauvre
fille ! ce n'étaient plus les roses de l'en-
tresol. Le temps, les voyages et la politique avaient si fort altéré ses charmes,
qu'en se faisant dévote, sa conversion
n'avait rien de prématuré.

Soit amour du pays natal, soit que
Paris ait pour un homme de lettres un
attrait tout puissant, l'espoir de revoir
bientôt la grande ville, me consolait
presque d'avoir perdu ma place. Je
résolus de voyager à pied, tant que la
saison, les charmes du paysage, le caprice et mes forces m'en donneraient
le désir. Muni d'un bâton d'épine et
d'un sujet de roman, je me dirige vers
Paris.

L'aimable compagnie que ma jeune
héroïne! quelle âme! quel cœur! quels
traits charmans! Oh! qu'il fait bon
dans le monde idéal! La vertu, l'amitié, l'amour, seuls biens réels de la
vie, viennent l'embellir à souhait. Les
élémens, les saisons, dociles, se prê-
tent à nos combinaisons: le destin lui-
même est flexible. J'étais heureux avec
mes personnages: l'amant me rappe-
lait Charmoise; le philosophe, sur

toute chose, partageait mes opinions;
mes pensées, mes sentimens se reflé-
taient dans ses discours.

> J'avais bien dans ma bergerie
> Quelques loups, et des plus gloutons;
> Mais je riais de leur furie,
> Certain qu'à la péripétie,
> Je les ferais manger par mes moutons.

Mais voilà que dans le plus bel en-
droit de l'histoire, comme nous ve-
nions d'échapper au ravisseur, on me
sépare d'Angélina, on m'arrache à ma
rêverie, on me demande mon passeport. Mon passeport! ô ciel! ô monde
prosaïque! jamais romancier s'occu-
pa-t-il d'une aussi vulgaire précaution?
Je n'avais pas prévu cet incident; il
fallut donc suivre deux fusiliers, qui
me conduisirent poliment, de la bar-
rière, à la prison de l'hôtel-de-ville.

Est-il un destin plus cruel? Se voir

interrompre au milieu d'un chapitre !
La sotte chose qu'un pouvoir ombra-
geux ! il faut que la peur, l'esprit de
réaction et de vengeance rêvent des
complots et des conspirations ; il faut
que des pygmées, fiers d'un pouvoir
nouveau, s'érigent en décemvirs, et
prennent pour de la prudence l'inquiétude et le soupçon, compagnons
ordinaires de la faiblesse et d'une mauvaise conscience. Il faut qu'une faction
toujours battue chante un moment victoire, et qu'un honnête romancier, le
plus doux, le moins hostile de tous
les hommes, soit arrêté sur la grande
route et conduit en prison ! A l'aspect
des baïonnettes, l'imagination l'abandonne ; au bruit des verroux l'amour
s'envole, l'héroïne disparaît, et voilà
le pauvre Samuel vis-à-vis d'un commissaire qui l'interroge.

—Votre nom?—Samuel d'Harcourt.

—Ecrivez, greffier : *trouvé sans passe-port, et se disant de la famille d'Har-court.* — Monsieur le commissaire, ne parlons point de famille ; je n'ai connu d'autre parent qu'un oncle, qui n'est plus. — Greffier, écrivez : *sans aveu.* Votre état ? — Poëte. — *Sans profession,* greffier. Et votre demeure ? — Je me rendais à Paris. — *Sans do-micile.* — Monsieur, j'étais professeur dans un lycée. — Ecrivez, greffier, écrivez : *lequel aurait servi sous l'usur-pateur.* — Et non, Monsieur, sous l'usurpateur j'étais à Vincennes. — Greffier, notez ceci : *employé comme surveillant dans la Bastille de l'usur-pateur.* — Mais, Monsieur, au con-traire, j'étais... — Taisez-vous ; atten-dez qu'on vous interroge. Au moment où je recevais cette injonction équita-ble, je vis La Caille traverser, en habit brodé, la pièce où l'on m'interrogeait.

— Qu'alliez-vous faire à Paris ? — Chercher un de mes amis que je croyais y trouver ; mais je viens de le voir traverser cette salle. — Vous connaissez M. de La Caille ? — Beaucoup. — Ceci change la thèse. Greffier, allez dire à M. de La Caille que je le prie de nous accorder un moment. La Caille entra bientôt, et l'espérance avec lui — M. de La Caille, voici un individu qui se dit votre ami ; le connaissez-vous ? — Sans doute, répond La Caille, je connais beaucoup M. d'Harcourt. C'est un honnête homme, qui pense comme un dieu : il a toujours été attaché à l'ancien régime, ainsi que vous et moi. Je l'ai vu secrétaire d'un marquis et d'un duc, qui tous deux ont émigré.

— Il voyage sans passeport, et se dit poëte. — Il est vrai, mais j'en suis caution, M. le commissaire ; il n'a jamais fait que des vers légitimes. Quant au

passeport, je prends l'affaire sous ma
responsabilité ; je me charge de lui en
obtenir un de M. le préfet. Venez,
M. d'Harcourt. M. le commissaire, je
réponds du prisonnier. — Comment
donc, M. de La Caille! il suffit que
Monsieur soit votre ami. D'ailleurs,
secrétaire de deux émigrés ! S'il lui
fallait une seconde caution, je lui en
servirais moi-même. Je remerciai M. le
commissaire de sa bienveillante indulgence, et je suivis M. de La Caille,
très-impatient d'apprendre d'où lui
venait un si puissant crédit.

Quand nous fûmes seuls, il m'apprit, en peu de mots, l'histoire de sa
puissance. — Je suis resté quatre ans
garde-magasin, me dit-il ; ma petite
fortune s'est arrondie : je me suis re-
iré des affaires, et fixé dans cette ville.
M. le préfet, à qui j'avais rendu quelques services, dans un commerce de

fourrage qu'il avait avec les alliés, m'a
fait nommer conseiller de préfecture.
C'est un état décent, fort doux, sans
travail de tête, et qui ne demande
qu'un peu de représentation. Cela me
repose de mes fatigues administra-
tives; et puis, il faut faire une fin.
Mais vous, M. d'Harcourt, par quel
accident étiez-vous donc tombé dans
les griffes du commissaire Ducroquet?
Je lui racontai mon histoire, depuis
notre dernière entrevue. — Savez-
vous, me dit-il, que je suis arrivé très-
heureusement à votre secours; ce Ducroquet est bien le plus dangereux
coquin qu'il y ait dans le département.
Sans-culotte ardent pendant la terreur,
il est aujourd'hui forcené royaliste ; ou
plutôt, il n'a changé que de bonnet :
il fait le mal avec le même zèle.

Je demandai à La Caille s'il n'avait
point eu de nouvelles de M. le duc

de ***, depuis la restauration. — Pardonnez-moi, reprit-il, mais de bien tristes. M. le duc n'est plus. Rentré en France avec le roi, il pensa que son nom, son rang et sa fidélité parlaient assez d'eux-mêmes : il ne fit point *de zèle*. Il se retira dans une maison de campagne, où il est mort ignoré de la cour. Quant à M. le marquis, il ne veut pas reconnaître la France, qu'il ne la retrouve comme en 1782. En attendant cette époque prochaine, il est allé combattre Bolivar, et rendre au roi Ferdinand l'Amérique Espagnole.

La Caille me fit avoir un passeport; mais il ne voulut pas me laisser partir, que je n'eusse passé deux jours dans son petit château; c'est ainsi qu'il nommait une assez jolie maison, dont il était propriétaire. J'eus l'honneur d'être admis à la soirée de M. le préfet. Le nouveau proconsul m'accueillit à

merveille , grâce au génie de La Caille,
qui lui persuada que je faisais un poëme
sur la restauration. L'idée était heureuse ; mais la plaisanterie devint em-
barrassante. M. le marquis voulait une
lecture : j'ai même tout lieu de croire,
d'après les anecdotes qu'il me raconta,
qu'il n'eût pas été fâché de voir son
nom figurer dans les notes. Je promis
tout, en digne homme de cour, et le
lendemain, dès l'aurore, je repris la
route de Paris.

C'est l'heure où j'aime voyager :
La blonde Aurore argente le nuage ;
D'un rose pâle et d'un azur léger,
Elle teinte, en riant, le fond du paysage ,
A travers les vapeurs où je le vois nager.
Tout est pur, tout est vierge encore :
C'est l'accent du premier amour ;
C'est un monde qui vient d'éclore,
Avec les premiers feux du jour.
Sous un ciel pur, et plein de poésie ,
Je traversais un pays enchanteur.
Romancier, poëte et rêveur,
Je me nourrissais d'ambrosie

De là nature admirant les appas,
Et poursuivant un récit qui m'amuse,
Je composais, et je réglais mes pas,
  Sur les allures de ma Muse.

J'avais fait environ cinq lieues, lorsqu'en traversant un village, j'entends tout à coup une décharge de mousqueterie. Ce bruit me glaça d'une secrète horreur. En effet, je n'étais pas loin de ces contrées malheureuses, où d'improvisés Jeffries exploitaient la vengeance au profit de leur ambition, et recrutaient des supplices, comme un solliciteur cherche des apostilles.

Mon pressentiment me trompait. En arrivant sur la place de l'église, le spectacle qui s'offrit à mes yeux chassa loin de moi toute sinistre pensée. Les villageois avaient un air de fête. On célébrait une noce, et les coups de fusil que je venais d'entendre, étaient le signal du départ. Je m'arrêtai pour

voir passer le cortége. Une douzaine
de paysans sous les armes, ouvraient
la marche. Chacun d'eux n'avait guère
que des souvenirs d'uniforme ; mais on
voyait, à leur bonne tenue, que tous
avaient servi. Après eux venaient les
jeunes filles, vêtues de blanc, portant
des bouquets et des bannières : enfin,
j'aperçus les époux. Quelle est ma surprise et ma joie ! dans l'un d'eux je
reconnais Albert.

Le père du jeune homme me dis-
tingua dans la foule, et me pria de me
joindre à la fête. J'acceptai l'invitation,
et suivis la bande joyeuse. Nous mar-
chions lentement : le château du général était à un mille du village ; si bien,
qu'en touchant le perron, j'avais terminé l'épithalame.

Mes vers obtinrent le suffrage de
toute la compagnie. Le général me
retint au château les deux jours que

dura la noce. Je devins donc le troubadour de la fête, et les couplets ne manquèrent pas au dessert. Après le dîner, tandis que la jeunesse se livrait au plaisir de la danse, le père du marié me prit à part, et me raconta la guérison de son fils.

« Il est doux pour moi, me dit-il, de rendre témoin de mon bonheur celui qui prit tant de part à mes peines. Lorsque nous nous séparâmes à Montmorency, je fis voyager encore quelque temps mon pauvre malade, mais sans plus de succès. Las enfin d'une vie errante, qui n'amenait aucun bien, je ramenai mon fils au lieu de sa naissance. Là, nous apprîmes, en arrivant, que l'époux d'Amélie avait été tué à la retraite de Leipsik. Cette nouvelle produisit sur Albert une révolution inespérée. L'amour tendit les bras à l'espérance, et la raison revint à sa

8..

suite. Dès qu'il fut rétabli, mon fils embrassa la carrière des armes. Il y fit des prodiges de valeur, et, dans la dernière campagne, il sauva la vie au père d'Amélie, qui le nomma son aide-de-camp. Lors du licenciement de l'armée, Albert et son général revinrent dans leurs foyers. Les jeunes gens se virent, l'amour a fait le reste, et l'heureux dénouement auquel vous assistez, comble de joie mes vieux jours.

Depuis le moment où je pris congé de mes hôtes, jusqu'à mon retour à Paris, il ne m'arriva rien qui mérite d'être raconté. Mais tandis que mon histoire languissait, mon roman marchait à grands pas, et, comme j'arrivais à Étampes, j'amenais l'héroïne à bon port.

Il était nuit quand j'entrai dans Paris. J'étais fatigué de la route ; je suivais lentement la longue et déserte rue d'Enfer, lorsqu'en passant sous une fenêtre, j'entendis une voix douce et mélancolique chanter, en s'accompagnant de la harpe, la romance du pauvre Jacques. Le lecteur sait que je m'appelle Jacques. Quant à l'épithète, quel Jacques au monde la méritait mieux que moi? Je m'assieds sur un banc de pierre, et j'écoute la romance, abandonnant mon âme aux charmes de la mélodie. Léger d'argent, sans état, sans asile ; ah, pauvre Jacques! pauvre Jacques!.. Et je compose une élégie plaintive sur ma triste situation. Bientôt Morphée vient se joindre à la Muse: je passai la nuit sur la pierre. Cette station sentimentale pourrait bien être la cause de mon rhumatisme au bras gauche; mais je lui dois les meilleurs de mes vers, et mon élégie me console.

Hélas! j'étais plus malheureux que

je ne croyais l'être. M. Le Franc n'é-
tait plus ; M. Largillière vivait en province : j'avais perdu mes deux meilleurs
amis. Il ne faut pas murmurer contre
la Providence ; mais j'avais besoin de
me plaindre : je me fis un moment
païen, pour maudire à mon gré le
destin rigoureux et l'impitoyable fortune. Que faire ? que devenir ? Les vers
n'ont plus cours à Paris ; la politique
a banni les Muses, et je n'ai point reçu
de la nature le génie d'un Salvador.
J'offris pourtant ma plume aux journalistes libéraux ; mais ces Messieurs,
propriétaires et rédacteurs, trouvaient
le gâteau trop bon, pour admettre un
nouveau convive. Mon roman faisait
donc toute mon espérance : il fallait trouver un libraire qui voulût
l'acheter. Je me rendis au café des
poëtes, afin de prendre là des rensei-
gnemens à ce sujet. Lorsque j'entrai,

la conversation roulait sur la liberté de la presse : bien entendu qu'elle ne trouvait dans l'auditoire que de zélés partisans. Celui qui, surtout, défendait la thèse avec chaleur, était un nouvel habitué, que je n'avais pas encore vu. Il déclamait contre le despotisme, qui met des entraves à la pensée : il s'échauffait tout seul, et combattait sans adversaires. — Oui, Messieurs, c'est le palladium... Comme il disait ces mots, un homme entre et l'embrasse. Je veux, s'écrie-t-il, être le premier à vous l'apprendre ; vous venez à la fin d'être nommé censeur ! Un rire universel accueillit la nouvelle ; le censeur s'éclipsa, l'oreille basse, et le café des poëtes perdit un habitué. Quand il me fut permis de faire diversion à la gaîté générale, je consultai les auteurs qui se trouvaient là, sur le dessein où j'étais de vendre mon ma-

nuscrit. Ce fut alors un concert de
plaintes contre les imprimeurs et les
libraires ; chacun était mécontent du
sien, et ne savait à qui m'adresser. —
Voyez M. Jonathan, me dit un graveur
en taille-douce, il achète de tout ; mais
défendez-vous bien. Je pris l'adresse
de M. Jonathan, et m'y rendis sans
différer.

Le libraire me fit asseoir, et prenant mon manuscrit, avant même que
j'eusse expliqué l'objet de ma visite :
— Vous choisissez un bien mauvais
temps pour imprimer, me dit-il. Quel
sujet traitez-vous ? La librairie est
morte. Je n'achète aucun ouvrage sans
l'avoir fait lire. Monsieur a-t-il déjà
donné quelque chose ? Le nom fait
beaucoup. Les premiers ouvrages sont
dangereux à acheter. Souvent on n'en
vend pas pour payer l'impression. Ces
questions et ces réflexions se succé-

daient avec une telle rapidité dans la bouche de maître Jonathan, qu'il m'eût été impossible d'intercaler une réponse à propos. J'attendis donc qu'il eût achevé sa tirade, pour lui dire que mon livre était un roman moral. — Moral! s'écria-t-il, tant pis; les livres de morale sont des gardes-magasin. — Si vous voulez en prendre connaissance, vous verrez si vous pouvez vous en charger. — Il est inutile, reprit M. Jonathan; un roman d'un auteur qui n'est point encore connu est un ouvrage *si peu conséquent*, que nous achetons cela à forfait, à nos risques et périls, cinquante francs le volume. A ces mots, je sentis la rougeur me monter au visage; mais le refus que dictait la vanité d'auteur expira sur mes lèvres, quand je songeai à ma triste situation. J'acceptai l'offre de cet honnête libraire, croyant déjà tenir mon

argent. Quelle fut ma surprise, quand
il ajouta : voilà qui est entendu ; trois
volumes, cent cinquante francs, paya-
bles sur le prix des premiers exem-
plaires vendus, après les frais d'impression couverts. En prononçant ces
paroles, qu'il écrivait sur un registre,
il me demanda mon nom et ma demeure. Ce n'est point ainsi que j'avais
compris, Monsieur, lui dis-je ; je comp-
tais toucher le prix de mon livre sur-
le-champ. — Et si le livre me reste ?
D'ailleurs, sais-je quand je pourrai
l'imprimer ? mes presses ne seront pas
libres de sitôt.—Sans argent comptant,
repris-je , il m'est impossible de sous-
crire à votre proposition. M. Jonathan, pour unique réponse, me remit
mon manuscrit, avec une légère inclination de tête.

En sortant de chez le libraire , je
rencontrai l'ami Barin. Il se faisait

vieux, et marchait lentement. Je le saluai : il me remit d'abord. — Bravo, M. d'Harcourt, toujours fidèle au culte des Muses ! Vous sortez de chez l'imprimeur. — Hélas ! oui, lui répondis-je ; et plût à Dieu que je n'y fusse jamais entré ! Je lui contai mon peu de succès auprès de M. Jonathan. — M. d'Harcourt, me dit-il, après un moment de réflexion, je connais un homme qui pourrait bien acheter votre manuscrit, si vous vouliez vous contenter du profit, et lui laisser la gloire. C'est un auteur *ad honores*, qui doit sa renommée à quelques écrivains pauvres et discrets. Il estriche et généreux, autant du moins que ce mot peut convenir à qui se pare du mérite d'autrui. — M. Barin, lui répondis-je, quoiqu'il soit cruel de voir adopter son enfant par un autre, dans l'état présent de mes affaires, je n'ai pas à délibérer.

Indiquez-moi ce poëte titulaire, et je lui livre mon ouvrage. — Voici son nom et sa demeure : allez le trouver ; mais gardez-vous bien de lui dire que c'est moi qui vous adresse à lui. Présentez-vous comme un écrivain inconnu, qui, sur la réputation qu'il a d'être un Mécène, vient lui soumettre le produit de ses veilles.

Je remerciai l'ami Barin, lui promettant de suivre ses avis. Cette fois, il fut plus heureux dans le dessein qu'il avait de me rendre service. Je trouvai l'homme dont il m'avait parlé ; je fus content du prix qu'il mit à mon roman. Pour qu'il soit, à son tour, content de ma discrétion, je ne parlerai pas de lui davantage.

Le premier emploi que je fis de mes espèces, fut de m'assurer un asile pour le reste de mes jours, au moyen d'une somme une fois payée. L'étage est un

peu haut, la demeure est modeste ;
mais les Muses daignent encore la visiter quelquefois. J'ai fait connaissance
avec le successeur de M. Cramoisi,
qui me charge de rédiger la partie
morale et politique de ses almanachs.
Je compose aussi quelques ouvrages
d'éducation pour sa boutique, de sorte
que je puis gagner entre six et sept
cents francs par an. Ainsi fut accom-
plie la prédiction de M. Du Bertrand :
un poëte ! six cents livres de rente, et
un grenier !

FIN.

TABLE

DES CHAPITRES.

TOME PREMIER.

FIN DE LA TABLE.